「……お昼……
お弁当作ったから、
一緒に食べませんか?」
鋼殻のレギオスII
サイレント・トーク

「全員が僕に来るはずがないのは、わかりきっていたからね」

「まさか、貴様……」

「誰がどの役につくかなんて、見ればわかる。

フェイントをしても無駄だよ」

最初の衝剄は、かわされたのではなくかわさせたのだ。

かわす動作のその内に、衝剄の第二派を放っていた。

外力系衝剄が変化、針剄。

ニーナ・アントークと離れたくないのか？
（どうなのかな？）
自分でもよくわからない。
ニーナが呟き、レイフォンは考えを止めた。
「わたしたちは仲間なんだ。
だから、全員で強くなろう」

口絵・本文イラスト　深遊

鋼殻のレギオスⅡ

サイレント・トーク

1225

雨木シュウスケ

富士見ファンタジア文庫

143-7

目次

プロローグ

騒々《そうぞう》しくサイレンががなりたてている。

一つの結果が確定《かくてい》したことを告げる、絶対《ぜったい》の音。

勝敗を二つに裂《さ》き、問答無用に押《お》し付ける審判《しんぱん》の音。

もうこれ以上ないという、終了《しゅうりょう》の報《しらせ》。

「…………」

「…………」

「…………あ」

「…………」

ニーナが、レイフォンが言葉もなく立ち尽くす中、耳に当てた念威《ねんい》端子《たんし》の通信機からシャーニッドの間の抜《ぬ》けた声が聞こえ、フェリのか細いため息が通信機に混《ま》じる雑音《ざつおん》の上を滑《すべ》っていった。

ニーナは呆然《ぼうぜん》と、鳴り響《ひび》くサイレンの音が張《は》り詰《つ》めていたものを奪《うば》い去っていくのをただ受け入れるしかなかった。

「お、お、お……おーっっと!! これは、これは、これは～～～～～～!!」

我《われ》に返った司会の興奮《こうふん》した声が野戦グラウンド内にやかましいほど響き、観客席のざわめきを興奮で煽《あお》り立て倍加させた。

ニーナは音の洪水《こうずい》に呑《の》まれそうになるのも忘《わす》れてその場に立ち尽くした。


強さとは一体なんなのか？

ニーナ・アントークは自問する。

ツェルニの武芸者《ぶげいしゃ》たちを率《ひき》いる第十七小隊の隊長として、ニーナ・アントークは自問する。

究極の強さとは、何者にも負けないことだろう。それはつまり最強であるということだ。

では、最強の存在《そんざい》とはなにか？

記憶《きおく》を掘《ほ》り返し、知識《ちしき》を総動員《そうどういん》して最強の存在を探《さが》す。様々な達人の存在をニーナは頭の中に思い浮《う》かべる。

実際《じっさい》に見たことのある人物、書物の中で知った人物……それらの人々は確《たし》かに強い、あるいは強いのかもしれない……だが、最強とは程遠《ほどとお》い。

なぜならば、達人たちにも必ず敗北の二文字を刻《きざ》まれた経験《けいけん》があるからだ。敗北から強くなったというのであれば、彼ら彼女らは最強になっていく過程《かてい》の人々であり、最強であるというわけではない。

そしてその半ばで、人は寿命《じゅみょう》というタイムリミットを迎《むか》えてしまう。

人の中に最強の存在を求めるのは無理なのか？

ならば、人ではない最強の存在とはなんなのだろう？

食物連鎖《れんさ》的に考えるのならば、その頂点《ちょうてん》に存在するものが最強なのか？　つまりは種としての人類……それを捕食《ほしょく》する汚染獣《おせんじゅう》か？

さらに飛躍《ひやく》するのならば、この世界そのものだ。食物連鎖という関係性《せい》による強さの比《ひ》較《かく》は、結局はそれらを生かしている舞台《ぶたい》である世界そのものがあってこそという大前提《だいぜんてい》でなりたっている。

世界の変化で、この関係性は簡単《かんたん》に崩《くず》れてしまう。

実際、ニーナが生まれるよりも遥《はる》か昔に世界は一度大きな変化を迎えた。

ニーナたちには何一つとして原因《げんいん》となるものの記録は残されていないが、世界は生命が生きていくことのできない汚染物質《ぶっしつ》によって蹂躙《じゅうりん》された。

振《ふ》りまかれた汚染物質は生態系《せいたいけい》を破壊《はかい》し、大地を生命の住めない場所に変えた。

しかしならば、大地は、世界は本当に最強の存在か？

それにも疑問《ぎもん》が残る。

こんな世界になっても人類は生きているからだ。

自律型移動都市《レギオス》という、世界から隔絶《かくぜつ》した場所で人類は生きている。つまり、人類は自らの力で自らの世界を創造《そうぞう》したということだ。これは、決して世界が最強ではないということにならないか？

もう一つ、汚染獣だ。

生態系が破壊され、当時存在したあらゆる動植物が息絶《た》えたと思われた中、その汚染物質を糧《かて》にして生きる生命体が生まれた……それが、汚染獣だ。

これは、世界という状況《じょうきょう》に柔軟《じゅうなん》に対応《たいおう》することが可能《かのう》な生命力の勝利という結論《けつろん》を呼《よ》ぶのではないだろうか？

（……飛びすぎだ）

巨視《きょし》的な見地にまで飛んだ自分の思考を捨《す》て、ニーナは目の前の年下の少年を見た。

ここに、人類の捕食者である汚染獣に勝利した少年がいる。

レイフォン・アルセイフ。

今年、学園都市ツェルニの武芸科に入学した新入生。

そして、第十七小隊に所属《しょぞく》する、ニーナの部下である少年。

槍殻《そうかく》都市グレンダンで、天剣授受者《てんけんじゅじゅしゃ》という名誉《めいよ》ある地位についたこともある天才的な武芸者。

ニーナが知る中で、もっとも最強に近い位置にいる少年だ。

だが、そのレイフォンの力をもってしても……


「あ……」

青石錬金鋼《サファイアダイト》の剣をだらりと下ろし、レイフォンが鳴り響くサイレンに視線を上げた。彼の目の前では打ち倒《たお》された十四小隊の前衛《ぜんえい》が二人、痛《いた》みにうめきながらもほっとした顔をしている。

「やれやれ……しんどかったな」

ニーナの前でも今まで激《はげ》しく打ち合っていた十四小隊の隊長が武器を下ろした。その顔に作戦が成功したことへの安堵《あんど》と、してやったりの笑《え》みが順に浮かんだ。

司会のアナウンスが耳に痛い。

「大逆転《だいぎゃくてん》！　いやさ十四小隊の作戦勝ちか!?　前回の十六小隊との試合でまさかの大逆転

を演《えん》じた期待の新小隊が、今度はベテラン十四小隊に逆転負け！　十四小隊、チームワークの差を見せ付けましたぁぁぁぁっ!!」

チームワーク……

背後《はいご》を振り返り、視線を飛ばす。内力系活剄《かっけい》によって強化した視力は遥か後方、自分たちの陣《じん》にあるフラッグが見事に撃《う》ち抜《ぬ》かれているのを確《たし》かめた。その横で、シャーニッドがお手上げとばかりに肩《かた》をすくめている。そんな仕草にまで他人の視線を意識《いしき》しているのに、腹《はら》が立つ。

「まぁ、そういうことだ」

十四小隊の隊長に肩を叩《たた》かれ、ニーナははっと我《われ》に返った。

「あいつは確かに強い。強いが……それだけならなんとかなっちまうんだ」

ついさっきまで鋭《するど》い視線で武技《ぶぎ》の限《かぎ》りを尽《つ》くしてせめぎあっていた十四小隊長の顔は、先輩《せんぱい》としてのそれに戻《もど》っていた。

「一対一の決闘《けっとう》じゃないからな、これは……」

「はい……」

虚脱《きょだつ》しきらず、いまだ張《は》り詰《つ》めていた意識を緩《ゆる》め、ニーナは肩から力を抜いてうな垂《だ》れた。

「まっ、強くなるための課題なんていくらでもあるってことだ。じゃあな」

そう言い残すと、十四小隊長はレイフォンになにか声をかけ、いまだに倒れたままの自分の部下二人に肩を貸《か》して自陣へと戻っていった。

「あ、ありがとうございました！」

その背《せ》に、ニーナは後輩としての礼儀《れいぎ》で頭を下げる。

地面を見つめながら、ニーナはひっそりと唇《くちびる》を噛《か》んだ。

01　戸惑《とまど》うこと

はい、元気にしてる？

こちらも忙《いそが》しく学校生活してるけど、君に比《くら》べたらぜんぜん平凡《へいぼん》だよ。

この前手紙を送ってから、何通かまとめてこちらにやってきました。この手紙がレイフォンにいつ届《とど》くのかわからないけど、できるだけ早く届けばいいな。

レイフォンが武芸を捨《す》てなくて、わたしはうれしいよ。色々悩《なや》んで、それで解決《かいけつ》したんだね。わたしの送った手紙がきっかけになったのなら、なんだか恥《は》ずかしいけど、うれしい。

友達ができました。面白《おもしろ》い人だけど、一緒《いっしょ》にいるとすごく疲《つか》れるのが玉に瑕《きず》かな。

園の方はあいかわらず賑《にぎ》やかです。父さんですが、道場を開くことになりました。いままでみたいな、園の子供《こども》たちを相手にするだけじゃない、ちゃんとした道場です。グレンダンで道場経営《けいえい》は大変だけれど、近所の人たちが通ってきてくれているのでとりあえず収入《しゅうにゅう》にはなっています。あと、政府《せいふ》からの支援金《しえんきん》の申請《しんせい》などもしてますので、こちらの心配はあまり必要ないかもしれません。レイフォンがお金を稼《かせ》いでくれていた時ほどではないにしても、何とかやっていけると思います。

こちらはいいとして、そちらは大丈夫《だいじょうぶ》ですか？　病気とかはしていませんか？　食事もちゃんとしてる？　レイフォンはあまり栄養のこととか考えないで作っちゃうので、偏《かたよ》ってないか心配です。

レイフォンにもたくさん友達ができているようで、そちらで一人になっていないようなのは安心したけど……

どうして女の子ばっかりなのかな？

それが気になります。

もしかして、レイフォンてすごいスケベだった？

そっちの意味では不安だな。やっぱり、ツェルニに行くのをもっと強く反対すればよかったかなと思ってしまうよ。

まぁ、これは冗談《じょうだん》ということにしておいてあげる。一応《いちおう》は、ね。

そうそう、これも一応。一応、言わせておいて。

レイフォンが武芸を捨てなかったのは嬉《うれ》しいよ。

でもそれは、グレンダンにいた頃《ころ》のレイフォンでいて欲《ほ》しいというわけではないからね。武芸に打ち込むレイフォンの姿《すがた》はかっこいいし、羨《うらや》ましいと思ったけど、天剣授受者《てんけんじゅじゅしゃ》でいた頃のレイフォンはあまり好きではないよ。
この区別、わかってくれるよね？

手紙が一度に来たことで、面白い話を聞けたよ。
もしかしたらレイフォンをびっくりさせられるかもしれない。
なにかは教えない。
ちょっとしたビックリになればいいんだけどね。
それじゃあ、また手紙を送ります。

親愛なるレイフォン・ヴォルフシュテイン・アルセイフへ

リーリン・マーフェス

……迷《まよ》い込んできたその手紙を、細く白い指が折り目に沿《そ》って元に戻《もど》し、しまいこんだ封筒《ふうとう》を慎重《しんちょう》に、勝手に開けてしまったことが誰《だれ》にもわからないように願いながら元に戻した。

†

汚染《おせん》された大地に生きることを許《ゆる》されない人類は、自律型移動都市《レギオス》の上で生きている。大地を放浪《ほうろう》する点として生きるこれら自律型移動都市たちは、交通都市ヨルテムを中心とした交通網《もう》という危《あや》うい線によって繋《つな》がっている。

そんな線でも、繋がりは繋がりだ。

繋がりは交流を呼《よ》び、人が、情報《じょうほう》と物資《ぶっし》が行き来する。

学園都市。

自律型移動都市の中でも教育に特化したこの都市は、そんな危《あや》うい交流の上に成り立つ都市だ。

学問を必要とする少年少女たちが集《つど》い、学問を学び、あるいは学問を教える。

大人という存在《そんざい》を最大限《さいだいげん》に排《はい》したこの場所では、子供たちは主として学ぶ者であるが、時には教育者とならなければならない。

それが学園都市。

その一つである、学園都市ツェルニ。

どこか白々しい陽光が差し込む教室では、授業が始まる前のざわついた空気が充満《じゅうまん》していた。

教室のそこかしこで話の輪が生まれ、登校してきた生徒が自分の机《つくえ》に鞄《かばん》を置いてその輪に新たに加わり、あるいはまじめに授業の準備《じゅんび》をし、あるいは終わらせていない宿題を写させてもらおうと奔走《ほんそう》し、あるいは一人自分の世界を作る。

レイフォンはそんなざわつきとは無縁《むえん》に、抜け切らない睡魔《すいま》に降伏《こうふく》してしまうという甘《あま》い誘惑《ゆうわく》に駆《か》られて自分の机につっぷしていた。

「よっは〜おはよう！」

「げほぅっ！」

その背《せ》が問答無用に叩《たた》かれた。

「なんだいなんだい、元気ないぞ！」

「げほっ、うっ、お、おはよう……」

むせるレイフォンに、クラスメートのミィフィが明るい声を投げかける。

「……ミィちゃん、やりすぎ」

「そうだぞ。レイとんは試合の疲《つか》れが抜けてないだろうに」

「え〜、そんなのもう一昨日のことじゃん」

後からやってきたメイシェンとナルキの言葉に、ミィフィが頰《ほお》を膨《ふく》らませた。

「レイとんがそんなのの疲れ残してるわけないよ。ねぇ？」

「うん……いや、そっちの疲れとかはほんとぜんぜん、大丈夫《だいじょうぶ》なんだけどね」

「……でも、眠《ねむ》そう」

「いや、うんほんと大丈夫」

メイシェンに心配そうに見られて、レイフォンは慌《あわ》てて明るく頷《うなず》いた。いつでも泣き出してしまいそうな彼女の瞳《ひとみ》は、なんとなく苦手だ。

「それにしてはやはり疲れているな、なんだ？　もしかして昨夜もバイトか？」

同じ武芸科《ぶげいか》に属《ぞく》するナルキが冷静に観察する目でレイフォンを見下ろす。長身のナルキに見下ろされると、かなりの威圧《いあつ》感があった。

「うん……まぁね」

「ああ、なるほどねぇ。連続はやっぱりしんどいんだ」

「……機関掃除《そうじ》は、しんどいと思うよ」

「だな。本腰《ほんごし》で対抗戦《たいこうせん》とかをやるつもりなら、やはり機関掃除のバイトはやめた方がいいと思うぞ？」

この三人はツェルニに来る前からの幼馴染《おさななじみ》であり、とても仲が良い。

そんな彼女らとは、入学式で起こった武芸科新入生の乱闘事件《らんとうじけん》をレイフォンが止めたのがきっかけとなって知り合うことになった。

そしてそれはまた、武芸を捨《す》てて普通《ふつう》に生きようと思っていたレイフォンが、武芸科に転科してしまう原因《げんいん》ともなっていた。

しかしそれは別に、この三人が原因というわけではない。レイフォンを武芸科に転科させた生徒会長のカリアン・ロスは、レイフォンが最初から何者かわかっていたのだから。

槍殻《そうかく》都市グレンダンの天剣授受者《てんけんじゅじゅしゃ》。

汚染獣《おせんじゅう》ともっとも多くの戦いを経験《けいけん》しているグレンダンで認《みと》められた、十二人の武芸者に与《あた》えられる最高の名誉《めいよ》。

かつてレイフォンは、グレンダンで天剣授受者であった。

「いや……機関掃除の仕事はもう慣《な》れたよ」

いまだに心配そうなメイシェンに笑《え》みを送る。

本当に、機関掃除——自律型移動都市《レギオス》の心臓部《しんぞうぶ》の清掃——のバイトには慣れた。考える必要もなく、ただ黙々《もくもく》と体を動かすだけの作業は、レイフォンにとっては頭を使うよりも遥《はる》かに楽な作業だった。

「じゃあなんで？」

「あははは……うん、ちょっとね」

ミィフィに聞かれて、レイフォンは言葉を濁《にご》した。

「……な〜んか隠《かく》してるなぁ」

「いや、そんなことはないよ」

「いいや、隠してるね。このミィちゃんの目はごまかせないのだ！　さあ、きりきり吐《は》くがよろし」

「よろしって……」

ミィフィの好奇心《こうきしん》に輝《かがや》いた瞳がずいずいと近づいてくる。情報《じょうほう》を集めることにとても熱心で、それを形にすることが大好きな彼女を止めることなどできそうになかった。

「さあさあさあ……」

「う……」

ごまかし笑いで逃《に》げることもできそうになく、それでも困《こま》った笑いを浮《う》かべていると、ナルキがミィフィの後ろ襟《えり》を掴《つか》んで引き戻《もど》した。

「話が進まん。もうすぐ授業が始まってしまう」

「話？」

「ああ……そだったそだった。もう、メイっちがもたもたしてるから忘《わす》れてたじゃん」

「……わたしのせい？」

メイシェンがぷっと頰を膨らませる。

「まぁ、ミィの暴走《ぼうそう》はいつものことだ。ほら、メイ」

「……あう」

ナルキに背を押《お》されて、メイシェンが顔を真っ赤にしながらレイフォンの前にやってきた。

「……えと」

「はい」

メイシェンの態度《たいど》に、レイフォンも思わず居住《いず》まいを正してしまう。

「……お昼……お弁当《べんとう》作ったから、一緒《いっしょ》に食べませんか？」

「え？」

「ほら、あたしたちもレイとんもお昼は外食だからさ、メイが気を遣《つか》ってくれたのさ」

いまにも湯気が噴《ふ》き出しそうなくらいに真っ赤になったメイシェンは、ナルキの言葉にこくこくと頷《うなず》いた。

たしかに、レイフォンは学校が始まってからずっと昼食は買ったパンで済ませている。孤児院《こじいん》で料理を手伝ったりしていたこともあるから作れないわけでもないのだが、機関掃除のバイトのこともあって朝はできるだけ寝《ね》ていたいのだ。

「えと……いいの？」

「……うん」

「メイっちは料理するのが好きなんだから、ありがたく受けなさい」

そういう機械になってしまったのではないかというくらいに頷き続けるメイシェンに、レイフォンは嬉《うれ》しくて笑いかけた。

「ありがとう」

真っ赤なままのメイシェンが動きを止めた。

†

「それは、羨《うらや》ましい話だねぇ」

昼をメイシェンにご馳走《ちそう》してもらったことを話すと、ハーレイが計器を覗《のぞ》きながらしみじみと呟《つぶや》いた。

「ほんとに、ありがたい話です」

その計器とコードによって繋《つな》がった青石錬金鋼《サファイアダイト》を握《にぎ》りながら、レイフォンが頷く。

「いや、そういうのとは微妙《びみょう》に違《ちが》うんだけどね」

「え？」

「いや、いいよ。……はぁ、僕《ぼく》も彼女欲《ほ》しいなぁ」

放課後、小隊の訓練で練武館《れんぶかん》にやってきたレイフォンは、ハーレイに摑まってなにかの調査《ちょうさ》につき合わされていた。

間仕切りされた練武館には、他の部屋からの訓練の激《はげ》しい音が防音壁《ぼうおんへき》を突《つ》き抜《ぬ》けて聞こえてくる。

十七小隊のメンバーは、いまのところレイフォンとハーレイしかいなかった。

「いや、恋人《こいびと》とかそういうのじゃないですよ。彼女は料理が趣味《しゅみ》らしいんで」

その言葉に、ハーレイはため息を吐《つ》いて首を振《ふ》った。

「ところで、これ……なんです？」

レイフォンはずっと、復元《ふくげん》して剣《けん》の形となった錬金鋼《ダイト》に剄《けい》を送り込んでいる。

剄……外部に直接《ちょくせつ》的な破壊《はかい》力として発現《はつげん》する外力系衝剄《けいしょうけい》と、肉体を強化する内力系活剄の二系統《けいとう》が存在《そんざい》する、武芸者と呼《よ》ばれる人々が扱《あつか》うことのできる技術《ぎじゅつ》の一つだ。

「ああ、ちょっと確《たし》かめたいことがあってさ」

「はぁ……」

よくわからないままに、レイフォンは剣身に剄を送り込み続ける。青色の剣身は剄を注がれて淡《あわ》い光を放っていた。

剄の脈動は新たな肉体が生まれたような感触《かんしょく》を生む。手の延長《えんちょう》のように剣身が発する熱を感じることもできるし、そこを撫《な》でていく微《かす》かな風の流れを受け止めることもできた。

ハーレイは感心したため息をこぼした。

「剄の収束《しゅうそく》が凄《すご》いなぁ。これだと白金錬金鋼《プラチナダイト》の方が良かったのかな？　あっちの方が伝導《でんどう》率《りつ》は上だし」

「そうですか？」

確かに、かつてグレンダンで自分が持っていた天剣に比《くら》べれば、剄の流れには不満を感じないでもない。

（そういえば、あれも白金錬金鋼だったっけ？）

だが、天剣と他の武器を比べても仕方がないともレイフォンは思っていた。あれは本来、汚染獣《おせんじゅう》と戦うためだけに作られたものなのだから。

「この間のあれを扱えるのも、これだけの剄が出せるからだね」

少し前に、ツェルニは汚染獣に襲《おそ》われた。

ツェルニの無数の足が、幼生《ようせい》を抱《かか》えた汚染獣の母体の巣を踏《ふ》み抜いてしまったのだ。千を超《こ》える幼生に襲撃《しゅうげき》されるという危機《きき》を乗り越えることができたのはレイフォンのおかげである。

そのレイフォンの急な注文に答えて、ハーレイは新たな復元状態《じょうたい》を作り出した。

剣身が分裂《ぶんれつ》し、無数の鋼糸《こうし》となるもの。

それによってレイフォンは幼生たちをなぎ払《はら》い、危険《きけん》な都市外にまで出て幼生の母体を倒《たお》した。

「あれ、封印《ふういん》させられたのは残念だねぇ。あ、もういいよ」

しかし、それだけ危険な武器を対抗《たいこう》試合で使われては勝負にならないと、生徒会長と武芸長によって封印させられることになった。

いま、レイフォンが持っている錬金鋼は新たに作られたものだ。

「どっちにしても、対抗試合で使う気はありませんでしたけど」

剄を注ぐのをやめ、レイフォンは剣を下ろした。放出した剄の余熱《よねつ》が体を取り巻《ま》き、汗《あせ》を出させる。

「そうなのかい？　あれがあれば、試合なんてすぐに勝てるでしょ？」

「そうですけど、それで勝っても仕方ないんじゃないですか？」

「そうですよ。それに、そんな勝ち方、隊長が認《みと》めますかね？」

「ああ、確かにねぇ」

ニーナとは幼馴染《おさななじみ》だというハーレイは苦笑《くしょう》を浮《う》かべた。

「彼女は、他人の力だけで勝っても嬉《うれ》しくないだろうね」

「ですよね」

頷《うなず》き返すと、レイフォンは剣を構《かま》え、振るった。

剄をあれだけ走らせると、どうしても体を動かしたくなる。

ただ無心に、上段《じょうだん》から振り下ろす。剣に残っていた剄が青石錬金鋼の色を周囲に散らし、掻《か》き消えていった。

剣を振る動作から、今日の体の調子を確かめ少しずつ振る動作に調整をかけていき、体の納得《なっとく》する動きにもっていく。

何度も繰《く》り返していると、だんだんと意識《いしき》が一点に収束していく感覚になる。剣が飛ばす剄の色も気にならなくなる。先ほどまでは四肢《しし》の微細《びさい》な変化まで感じとっていた神経が意識の外側へと剝離《はくり》していき、自分がただ剣を動かすだけの機械になったような気分になる。

「そうかな？」

さらに一歩進むと、その機械的な動作すらも気にならなくなる。自分が完全に虚《きょ》になったような感覚の中、意識の白さに無自覚になると同時に大気に色が付いたように見えてくる。

その色を、切る。

剣先が形のない大気に傷《きず》をつける。それを何度も繰り返す。大気はいくら割《わ》られても、すぐにその空隙《くうげき》を埋《う》めてしまう。それでもレイフォンは大気を切り続ける。刻《きざ》まれた傷が周囲の大気の流れに飲まれてすぐに修復《しゅうふく》しないのを確認《かくにん》すると、レイフォンは剣を止めて息を吐《は》いた。

あまり熱心でない拍手《はくしゅ》がした。

「はは、たいしたもんだ」

意識を戻《もど》すと、いつのまにかシャーニッドが出入り口のところに立っていた。

「切られたこともわかんないままに死んでしまいそうだな」

「いや、さすがにそこまでは……」

「凄《すご》かったよ！　最初は剣《けん》を振《ふ》った後に風が凄い動いてた。その時間差も凄かったけど、最後の一振りで、その風の流れがピタッと止まったんだ。もう……びっくりするしかないよ」

レイフォンが謙遜《けんそん》していると、ハーレイが興奮《こうふん》気味に言葉を被《かぶ》せてきた。まるで子供《こども》のようにはしゃぐ姿《すがた》にレイフォンはこめかみを掻いた。

そんなハーレイの興奮にシャーニッドが水を差した。

「ハーレイ。あれ、頼《たの》んだ奴《やつ》できてるか？」

「ああ……はいはい、できてますよ」

ハーレイが傍《かたわ》らに置いていたケースを開けて、二本の錬金鋼《ダイト》を引っ張《ば》り出した。

レイフォンのものとは少し形が違《ちが》う。復元前状態の炭素棒《たんそぼう》のような錬金鋼部分は同じだが、握《にぎ》りの部分は違った。柄《つか》部分が丸みを描《えが》いて曲がっている。曲がりの内側には鉄環《てっかん》の防護《ぼうご》が付いて、その内部には爪《つめ》のような突起物《とっきぶつ》がある。

「銃《じゅう》ですか？」

時に放出系とも呼《よ》ばれる外力系衝剄《けいしょうけい》が得意なシャーニッドは、十七小隊では遠距離《えんきょり》からの火力支援《しえん》の役割《やくわり》を担《にな》っている。

「こんだけ人数が少なかったら狙撃《そげき》だけってわけにもいかないからな。まぁ、保険《ほけん》みたいなもんだな」

言いながらシャーニッドは、ハーレイから受け取った二本の錬金鋼に剄を走らせ復元させる。

復元された銃型の錬金鋼を見て、レイフォンは目を見張った。

「ごついですね」

銃身部分が縦《たて》に分厚《ぶあつ》くなっていて、上下は刃《は》というわけではないが尖《とが》っている。銃口の周辺にも突起が施《ほどこ》されていて、打撃することを前提《ぜんてい》として考えているとしか思えない造《つく》りだ。

彼が普段《ふだん》使っている軽金錬金鋼《リチウムダイト》のものとは違う、頑丈《がんじょう》さに定評《ていひょう》のある黒鋼錬金鋼《クロムダイト》を使っていることからもそれがわかった。

黒鋼錬金鋼は、隊長のニーナが使っている鉄鞭《てつべん》と同じ素材《そざい》だ。

「注文どおりに黒鋼錬金鋼にしましたけど、剄の伝導率《でんどうりつ》がやっぱり悪いから射程《しゃてい》は落ちますよ」

「かまわねえ。これで狙撃する気なんてまるきりないしな。周囲十メルの敵《てき》に外れさえしなけりゃ問題ない」

ハーレイの言葉を軽く流し、シャーニッドは手に馴染《なじ》ませるように銃爪《じゅうそう》に指をかけ、銃をくるくると回した。

そんな姿を見て、レイフォンは、

「銃衝術《じゅつ》ですか？」

つい訊《たず》ねた。

シャーニッドが口笛を吹《ふ》く。

「へぇ……さすがはグレンダン。良く知ってんな」

「や、グレンダンでも知ってる人は少ないと思いますけど……」

「銃衝術ってなんだい？」

ハーレイが聞いてくる。

銃衝術とは、簡単《かんたん》に言えば銃を使った格闘《かくとう》術だ。銃型の射撃武器《ぶき》は、遠距離戦では圧倒《あっとう》的に優位《ゆうい》だが、接近《せっきん》戦では取り回しの問題からナイフや短い剣などには一歩も二歩も遅《おく》れを取る。

それを克服《こくふく》するために銃を使った格闘術が開発された。それを銃衝術という。

「へぇ……そんなのシャーニッド先輩《せんぱい》が使えるんですか？」

「ま、こんなの使うのはかっこつけたがりの馬鹿《ばか》か、相当な達人かのどっちかだろうけどな。……ちなみに俺《おれ》は馬鹿の方だけどな」

そう言って、シャーニッドはにやりと笑った。

それが本当かどうか、レイフォンはハーレイに視線《しせん》を送ったが、彼も困《こま》ったように肩《かた》をすくめただけだった。

「……遅《おく》れました」

透《す》き通るようなか細い声を部屋に流し、フェリがやってきた。

ガラス細工のような美少女の姿は周囲に凍《こお》りつくような緊張感《きんちょう》を与《あた》えたが、それに慣れているレイフォンたちはすぐに挨拶《あいさつ》を返してその空気をなじませる。

「よっ、フェリちゃん。今日もかわいいねぇ」

「それはどうも……」

フェリはシャーニッドの手にある二丁の銃に軽く目をやると、すぐに興味《きょうみ》をなくして隅《すみ》にあるベンチに腰《こし》を下ろした。

「さて、来てないのはニーナだけか」

チェックのためにフェリの錬金鋼《ダイト》を受け取りながら、ハーレイがそう零《こぼ》した。

「おや、そういえばニーナが最後ってのは珍《めずら》しいな」

「そういえばそうですね」

シャーニッドの言葉に、レイフォンも首を傾《かし》げる。

十七小隊の強化に誰《だれ》よりも血道を上げ、常《つね》にこの場に一番にやってくるはずのニーナが、今日はいまだに姿《すがた》を見せていない。

「なんか用があるとか言ってたけど……」

「な〜んか、ニーナがいねぇとしまらねぇな」

シャーニッドが言い、わざとらしく欠伸《あくび》をする。

言葉の通り、場にはなんとも生温《なまぬる》い雰囲気《ふんいき》が漂《ただよ》っていた。

そんな中、レイフォンはどう言っていいかわからない顔で青石錬金鋼《サファイアダイト》の剣《けん》を見下ろした。

（どうも、試合の後って色々と問題が起こるみたいだなぁ）

そう考えていた。

初めての試合の時、レイフォンはついうっかり隠《かく》していた自分の実力を出してしまい、ニーナに衝撃《しょうげき》を与えてしまった。

そして今度の試合では、レイフォンはそれなりに本気で戦った。

そして、負けた。

もちろん、全力というわけではない。実力を隠すことはすでに無意味だし、学園を守りたいというニーナの考えには賛同《さんどう》しているため、本気ではないにしろそれなりにはがんばろうと思っている。

なぜそれなりかといえば、小隊対抗《たいこう》戦は本番ではないからだ。

本当にレイフォンの力が必要とされるのはその後だからだ。

自律型移動都市《レギオス》は、ある時期になると近隣《きんりん》の都市に自らの意思で近づき、縄張《なわば》り争いを始める。

実際《じっさい》にぶつかり合うのは、都市の上に住む人々だ。

そしてそれが戦争となる。

都市がぶつかり合うのは、都市を動かすための燃料《ねんりょう》であるセルニウムの鉱山《こうざん》を奪《うば》い合うためだ。

都市はなぜか、自らと同じ性質《せいしつ》を持つ都市同士としか争わない。

そのため、学園都市同士の争いは最大限死傷者《さいだいげんししょうしゃ》を出さないために学園都市対抗の武芸大会という体裁《ていさい》を取っている。

それでも、都市の生死を分かつ争いをしていることには変わりない。

かつてはセルニウム鉱山を三つ保有《ほゆう》していたというツェルニは、レイフォンが入学した現在《げんざい》では一つしかないという。

次の武芸大会で一勝もできなければ、ツェルニは鉱山を失い、緩《ゆる》やかな死に向かっていくことだろう。

最初、レイフォンはどうしてそれに自分が関《かか》わらなければならないのかと思っていた。

ツェルニに来《こ》る前、グレンダンで捨《す》てると決めた武芸《ぶげい》の道にもう一度戻《もど》らないといけないということに理不尽《りふじん》を感じていた。

それでもいまは、自分がそのためにできることをするのも悪くはないと思っている。

だが……

レイフォンをそう思わせるきっかけとなった一人であるニーナだが、昨夜はとても不機《ふき》嫌《げん》だった。

実家の反対を押《お》し切って、家出同然でツェルニにやってきてお金のないニーナは、都市で一番しんどい仕事と言われている機関掃除《そうじ》をしている。

レイフォンと同じバイトだ。

そこでレイフォンとニーナは良く顔を合わせる。最近では信頼《しんらい》されて二人一組で広い範《はん》囲《い》を任《まか》されるようになった。

そんな状況《じょうきょう》で、レイフォンは一言も言葉を発さないままに黙々《もくもく》と仕事をするニーナと深夜から明け方にかけてまで一緒《いっしょ》にいたのだ。

(しんどかった……)

今思い出しても、あれほど長い一晩《ひとばん》はなかっただろうというぐらいに、ニーナの不機嫌ぶりは誰が見てもわかるぐらいだった。

(やっぱり、負けたのが原因《げんいん》だろうな)

とは思う。

だが、その原因が果たしてレイフォンにあるかと言われると、首を傾《かし》げてしまう。

傾げてしまうのだが、だからといって……

(隊長になにか言うとか……できないなぁ)

どうも、そういうところで思い切りがつけないレイフォンなのだった。

レイフォンが悶々《もんもん》と考えている間にも、時間は過《す》ぎていく。

「訓練ないのなら、帰ってもいいですか？」

やる気がないということでは間違《まちが》いなく小隊で一番のフェリが言う。

「まぁ、もう少し待ってみようよ」

苦笑《くしよう》を浮《う》かべたハーレイがとりなす。そのハーレイもフェリの錬金鋼《ダイト》のチェックを終えて手持ち無沙汰《ぶさた》の様子だ。シャーニッドは防音壁《ぼうおんへき》に背中《せなか》を預《あず》けた格好《かつこう》で目を閉《と》じている。

本当に寝《ね》ているのかもしれない。

形の良いフェリの瞳《ひとみ》はハーレイには向かず、長い睫《まつげ》を揺《ゆ》らしてレイフォンに向けられた。鋭《するど》さのあるその視線《しせん》は、レイフォンを責《せ》めているようでもあった。

「すまん、待たせたな」

視線の鋭さに胸《むね》を突《つ》かれて言葉を失っていたレイフォンに、出入り口からやってきた声は救いのように感じられた。

隊長のニーナだ。

六年制のツェルニで、三年生という下級生の部類に入る学年でありながら、武芸科でトップ集団《しゅうだん》を意味する小隊の隊長となった女性《じょせい》。

「遅《おそ》いぜニーナ、なにしてたんだ？　寝そうだったぜ」

欠伸《あくび》を漏《も》らしながらシャーニッドが言う。四年生のシャーニッドにとってニーナは後輩《こうはい》に当たるので隊長とは呼《よ》ばない。

「調べ物をしていたら時間がかかってしまった」

言いながら、ニーナが訓練場の真ん中まで歩いてくる。

ニーナの規則《きそく》正しい歩き方に従《したが》って、腰《こし》の剣帯《けんたい》で二本の錬金鋼がカチャカチャと鳴る。

その音を聞いて、レイフォンは内心で首を傾げた。

いつもはどこか頼《たの》もしく聞こえるその音に、なにか奇妙《きみょう》なひっかかりがあるように思えたのだ。

剣帯に吊《つ》るされた錬金鋼の出す音……つまりは彼女の歩き方が普段《ふだん》とは違うということになる。

前の試合で怪我《けが》でもしたのだろうかと思ったが、外から見る限《かぎ》りでは怪我らしいものはない。歩き方にもどこかをかばっている様子は見られなかった。

訓練場の中央に立ったニーナは軽く視線を周囲に流して、全員が揃《そろ》っていることを確《たし》かめた。

そして、口を開く。

「遅くなったので今日はもう訓練はいい」

「は?」

ニーナの言葉に全員が啞然《あぜん》とした。フェリでさえも形のいい瞳を大きく見開き、気でも違ったのではないかという目でニーナを見ている。

レイフォンも同じような気分だった。

この学園が好きで、自分でどうにかしたいと思って小隊を設立《せつりつ》したのがニーナだ。その熱い気持ちは、レイフォンを武芸《ぶげい》の道に戻《もど》ってもいいような気にさせた。

もちろん、レイフォンをこうさせたのはニーナの気持ちだけではない。メイシェンやミィフィやナルキ、この学園に来て知り合った彼女たちの、自分のしたいことに素直《すなお》に従えるその姿《すがた》がレイフォンの中になにかをためこませた。

ためこませたなにかをそう思わせるための起爆剤《きばくざい》としたのは、遥《はる》か遠くの故郷《こきょう》から届《とど》いた幼馴染《おさななじみ》であるリーリンの手紙だったのだが。

「そりゃまた、どうして?」

年長者のシャーニッドが代表するように口を開いた。

レイフォンも気になる。

今日の訓練が中止だということだけに驚《おどろ》いているのではない。

なんだか、今日のニーナにはなにかが欠けているような気がした。それは彼女の腰で打ち鳴らされる錬金鋼《ダイト》の音と同じように、似《に》ているようで違う……微細《びさい》の違和《いわ》感をレイフォンの心に貼《は》り付けさせた。

「訓練メニューの変更《へんこう》を考えていてな、悪いが今日はそれを詰《つ》めたい」

「へぇ……」

「個人訓練をする分には自由だ、好きにしてくれ。では、今日は解散《かいさん》」

言うと、ニーナは率先《そっせん》して訓練場を出て行ってしまった。

レイフォンはその背を見つめる。

彼女の腰で揺れる二本の錬金鋼がぶつかる。

カチャカチャと……

やはり、その音にはどこか不安定なものがあり、レイフォンの心をなんともいえない不安な気分にさせた。

気がついたのは息が切れて足を止めた時だった。バクバクと胸《むね》を打つ心臓《しんぞう》を手で押さえると、あるべきはずのカサリとした手ごたえがなくて、メイシェンは全身から血の気が引く思いがした。

†

「え？」

慌《あわ》てて制服《せいふく》中のポケットを探《さぐ》る。胸ポケットに内ポケット、スカートのポケットまで探り、最後にはないことがわかっているはずの鞄《かばん》の中まで探って愕然《がくぜん》とした気持ちになった。

やはり、ない。

レイフォンに渡《わた》すはずの手紙がない。

放課後、教室を出る時には持っていた。声をかけるタイミングを見つけられなくてもたもたしている間にレイフォンは教室を出て行ってしまい、それから練武館まで追いかけたのだけれど、武芸科生徒用の施設《しせつ》に一般《いっぱん》教養科のメイシェンが入っていいのかと、入り口で立ち尽《つ》くしてしまった。

（明日にしようかな……でも、やっぱり早い方がいいよね？　入ろうかな？　でも、邪魔《じゃま》にならないかな？　このまま、終わるまで待ってようかな……）

喫茶店《きっさ》でのバイトの時間も迫《せま》っていて、待つなんてできるはずがない。

考えている間も制服の内ポケットに入れた手紙の感触《かんしょく》を何度も確認《かくにん》していた。

あの時にはちゃんとあった。

ないという事実を何度も何度も確認しているうちに、どうしてこんなことになったのかと考えてしまう。

その手紙は寮《りょう》のドアに、他の手紙と一緒《いっしょ》に挟《はさ》まれていた。配達員がドアに挟んだのだろう。故郷である交通都市ヨルテムにいる両親の他に、仲の良かった親族や友人たちの手紙があった。封筒《ふうとう》に書かれた懐《なつ》かしい名前に心躍《こころおど》る気持ちで一つ一つを確認している時に、それを見つけてしまったのだ。

リーリン・マーフェス。

知らない名前だ。宛名《あてな》を確《たし》かめて、メイシェンは息を呑《の》んだ。

レイフォンの名前が書いてあったのだ。

誤配《ごはい》だとすぐに気づいた。レイフォンとメイシェンでは住所も部屋番号もまるで違《ちが》うから、おそらくはなにかの拍子《ひょうし》にメイシェン宛の手紙の束の間に挟まったのだろう。

そこまで考えて、メイシェンはレイフォンに話しかける理由ができたと嬉《うれ》しくなった。

いつも話してはいるのだけれど、ちゃんとした用事があって話せるのはまた別だ。自分とレイフォンの間に他《ほか》とは違う繋《つな》がりができたような気になれる。

でも……

（リーリン……女の子の名前よね？）

気になってしまった。そのまま差出人の名前なんて意識《いしき》の外に置いておけば幸せでいられたのかもしれないのに気になってしまった。

（どういう関係なんだろう？　友達かな？　……恋人《こいびと》だったりしたらどうしよう）

不安が、メイシェンの胸の中で抑《おさ》えられないほどに膨《ふく》らんでしまう。

（……他人の手紙を見るなんて……）

倫理《りんり》観が指先を震《ふる》えさせる。勝手に他人の手紙を見るなんて褒《ほ》められることじゃない。

（でも……）

気になるのだ。とてもとても気になって仕方がないのだ。もしももしも、このリーリンという女の子がレイフォンにとって大切な存在《そんざい》だったら、自分はどうすればいいのだろう？

そんな事実が手紙の中にある可能性《かのうせい》を考えたら怖《こわ》い。だけどこのままにしておいたら、きっと気になって夜も眠《ねむ》れなくなってしまう。

（だめ……でも……やっぱり……）

震える指先がそっと……しっかりと糊付《のりづ》けされた封に触《ふ》れる。

破《やぶ》れないように、そっと、そっと……

(ああ……)

そして読んでしまった。

読んだ後に残ったのは自己嫌悪《じこけんお》と、対抗心《たいこうしん》だった。

いまのレイフォンの食事の世話ができるのは自分なんだと思うと、少しだけ気が楽になったし、同じように、メイシェンの知らない時間を一緒に過《す》ごしただろうリーリンに嫉妬《しっと》した。

他人の秘密《ひみつ》を覗《のぞ》き見た罪悪感《ざいあく》と自己嫌悪だけはずっと残った。

レイフォンのために弁当《べんとう》を作ることを心に決めるのと同じように、手紙をちゃんと返そうと思った。

すぐに返そうと思ったのだけど、なかなか勇気が出なくてずるずると放課後になってしまい……

……そしてこの始末だ。

「……あの時にはあったのに」

泣いてしまいたい。目の奥《おく》が熱くなり、全身から力が抜《ぬ》けた。開いたままの鞄《かばん》を抱《かか》えてその場に座《すわ》り込《こ》んでしまったメイシェンは、半ば呆然《ぼうぜん》としながらも記憶《きおく》を探《さぐ》っていた。

「……あっ」

もしかしたら……

どうして練武館《れんぶ》からここまで走ってきたのか……

待つことにしようと覚悟《かくご》を決めたメイシェンの前にあの人が現《あらわ》れたからだ。喫茶店《きっさ》には少しぐらい遅《おく》れてもいい。悪いのは自分なのだからと覚悟を決めたところで、彼女が現れた。

フェリ・ロス。

彼女に見つけられ、レイフォンになにか用なのかと訊《たず》ねられ、メイシェンはさっきまでの覚悟もあっという間に消し飛んで、恥《は》ずかしくなって逃《に》げるようにここまで走ってきてしまったのだ。

たぶん、そのときに落としたに違いない。

「うう……」

ナルキやミィフィがいないとなにもできない。メイシェンは自分の人見知りの激《はげ》しさに自己嫌悪しながら立ち上がると、落とした手紙を探《さが》しに練武館までの道を進んだ。

だが、手紙は見つからなかった。

†

「どうにも、おかしいですね」

帰り道の途中《とちゆう》でフェリがそう呟《つぶや》いて首を傾《かし》げた。

ニーナが帰ってしまって他の連中も気を抜かれてしまい、今日はそのまま解散《かいさん》となってしまった。

シャーニッドはさっさと一人でどこかに行ってしまい、ハーレイもレイフォンに「また付き合ってもらうから」と言って自分の研究室に戻《もど》ってしまった。

帰る方向が同じレイフォンとフェリは、ごく自然に肩《かた》を並《なら》べて歩いていた。

実際《じつさい》にはレイフォンよりも一学年上のフェリなのだが、外見は十を少し越《こ》えたぐらいの少女にしか見えない。

「あの人が練習を切り上げるなんて、なんだか気持ち悪いです」

切れ長の眦《まなじり》を不快《ふかい》そうに曲げて言うフェリに、レイフォンは苦笑《くしよう》した。

「なんですか？」

「……いえ、先輩《せんぱい》が隊長の心配をしているのが、なんだか……」

鋭《するど》く見上げてくるフェリにそう言って声を殺して笑うと、彼女の白い顔にほんの少しだけ朱《しゅ》が浮《う》いた。

フェリは天才的な念威《ねんい》操作《そうさ》能力の持ち主だが、本人はその才能を利用されることを嫌《きら》っている。十七小隊に入っているのは、生徒会長で兄のカリアンに強制《きょうせい》されているからだ。

「心配なんかしていません」

逃げるように視線《しせん》を前に戻して、フェリが言い切った。

「なんだか企《たくら》まれているようで、気持ちが悪いって言ってるんです」

並んで歩いていたのが、フェリが少し歩調を速めて前を行く。

背《せ》を流れる銀髪《ぎんぱつ》がふわりと浮いた。

その様子を、通りがかりの男子生徒が息を呑んで見つめた。

まるで夢《ゆめ》でも見ているかのような顔で足を止める男子生徒の前を通り抜けて、レイフォンはフェリを追う。

「でも、たしかに変ですよね」

新しい訓練メニューを考えているというのはわかるが、だからといって今日の訓練を中止にする必要もない。

（なんだか、もっと他《ほか》のことに気を取られているような）

そんな気が、レイフォンはした。

しかし、それがなんなのかまでレイフォンにわかるはずもない。

ただ、気になるのは昨晩《さくばん》の機関掃除《そうじ》でのニーナの態度《たいど》だ。

むっつりと押《お》し黙《だま》ったあの姿《すがた》は、試合に負けたことに腹《はら》を立てていたわけではないのだろうか？

もしかしたら、もっと別のことを考えていたのかもしれない。

「でも、やっぱりわからない」

「まだ考えていたのですか？」

気が付くと、フェリのむっとした顔がレイフォンの隣《となり》にあった。

「少し、ゆっくり歩いてください」

「あ、すいません」

いつの間にかフェリを追い抜《ぬ》いていたらしい。

出会ったころには淡々《たんたん》とした、それこそ人形のような無表情《むひょうじょう》だけを見せていたフェリだが、ここ最近はよく表情を顔に出すようになった。

「こんなところで詮索《せんさく》しても、答えなんて出るわけがないです。もう少し様子を見てみればいいでしょう」

「そうですね」

フェリの言葉に、レイフォンは頷《うなず》いた。

「そんなことよりも……」

フェリが小さく呟《つぶや》いた。

「はい？」

「……いいえ」

フェリの小さな唇《くちびる》がなにかを形作って、そして引き結ばれた。

「？」

「兄が……あなたに用があるそうです」

「会長が？」

眉《まゆ》が引きつるように動いたのを感じた。

過去《かこ》を知り、むりやりに武芸科に引き込んだカリアンを、レイフォンは良く思っていない。

「なんの話かは聞いていませんが、大切な話だとは言ってました」

伝えるフェリの顔にも不快さが刻《きざ》まれている。

才能ゆえに武芸科に転科させられたことをフェリもまた恨《うら》んでいるからだ。

「では、これから生徒会長のところに？」

「いいえ」

それなら敷地《しきち》内にいる時に言えばいいのにと思っていると、フェリが首を振《ふ》った。

「内々に話したいことがあるそうで……わたしの部屋に、と」

「……は？」

「夕飯の買い物をしないといけないので、付き合ってください」

どうして、フェリの部屋なのか？

それを聞くよりも早く、フェリが足を速めて先に行ってしまう。

レイフォンは黙ってそれを追いかけた。


ずっしりと重たい買い物袋《ぶくろ》を両手に提《さ》げて、

（一体、何日分買い込んだんだろう？）

そう思いながら、レイフォンは先を行くフェリを見た。

フェリ自身も野菜の入った紙袋を抱《だ》くようにして歩いている。

いつもなら別れの挨拶《あいさつ》をする場所で、レイフォンはいつもとは違《ちが》う道を行くことに違和《いわ》感を覚えながらフェリの背《せ》を追った。

フェリの寮《りょう》にはすぐに辿《たど》り着いた。

「……広そうですね」

寮というよりもマンションと呼《よ》んだ方が良さそうだ。ガラス張《ば》りの瀟洒《しょうしゃ》なロビーを抜け、螺旋状《らせんじょう》の、踊《おど》り場にはソファまで置かれた階段《かいだん》を二階分上がるとフェリの部屋に着く。

意匠《いしょう》の凝《こ》らされた扉《とびら》を開けると、もう、レイフォンは貧富《ひんぷ》の差を自覚するしかない。

二人部屋を運良く一人で使えていると喜んでいる自分がひどく安っぽく思えてしまった。

広い玄関《げんかん》からはまっすぐに廊下《ろうか》が伸《の》び、その先は広いリビングへと繋《つな》がっていた。そこからさらに扉があり、各部屋へと繋がっているらしい。

「荷物、こっちに持ってきてください」

リビングからすぐに繋がったキッチンが、そのままレイフォンの部屋の広さと同じぐらいだったのには、なんだか安心するようながっくりくるような複雑《ふくざつ》な気分になった。

「夕飯を作っていますので、あっちで待っていてください」

重い買い物袋を置いて、レイフォンは素直《すなお》に従《したが》った。

リビングにあったソファに腰《こし》かけて部屋を見回す。ソファとテーブル、それに雑誌《ざっし》などを置くブックラックがある以外にはこれといって目に付くものはない。壁《かべ》に花の描《えが》かれた小さな油絵が飾《かざ》られているにはいるが、なんだかとりあえず飾ってみたという感じで、部屋の空気はなんとも無味乾燥《かんそう》としていた。

リビングから繋がる扉は二つある。

とすると、一つはフェリの私室だろう。

では、もう一つは……？

（そうか、会長と一緒《いっしょ》に住んでるのか）

考えてみればおかしな話ではない。兄妹なのだから同じ場所に住んでいても問題があるはずもないのだ。

内々の話をフェリの部屋でするというのに驚《おどろ》いていたレイフォンだが、こうしてみれば納得《なっとく》もいく。

（それにしても、内緒の話ってなんなんだろう？）

今度はそのことが気になる。

生徒会長……カリアンはレイフォンの過去をどこからともなく引っ張《ぱ》り出してくるようなやり手だが、内密《ないみつ》な話を持ちかけられるほどに親密なわけではない。

どちらかといえば会いたくない相手だ。

（まぁ……聞けばわかる話なのだし、これ以上考えてもしかたないか）

ここに来る前にフェリに言われた言葉を思い出し、レイフォンはそれ以上気にするのをやめた。

やることもなく、キッチンから聞こえてくる音に耳を傾《かたむ》けた。

買い物袋《ぶくろ》の中身を整理していた音も絶え、今はキッチンナイフで材料を切る音が……

トン……ト、ン……トン……

音が……

トトン……トン…………

ト……トン……ト……

「こわっ！」

不規則《ふきそく》なキッチンナイフの音に思わず声が出て、レイフォンはキッチンの様子を窺《うかが》いに行った。

「あの、先輩《せんぱい》……なに作って……」

「いま……話しかけないでください」

フェリは真剣《しんけん》な表情《ひょうじょう》でキッチンナイフを片手《かたて》に、芋《いも》と戦っていた。でこぼこの丸い芋をボードの上に置き、震《ふる》える指先で危《あぶ》なげに固定して、ゆっくりとキッチンナイフで半分に切る。

隣《となり》に置かれたボウルには、そうして切られた芋たちが山盛《も》りになっていた。なるほど、音が不規則になるわけだ。

「ときに先輩……」

「……なんですか？」

こちらを見もせずにプルプル震えながら芋を切るフェリには、鬼気《きき》迫《せま》る雰囲気《ふんいき》が宿っている。

「料理をしたことは？」

「あります……あるに決まっているじゃないですか」

「そうですか」

レイフォンは笑顔《えがお》で頷《うなず》いた。

「……なんですか？」

切った芋をボウルに移《うつ》して、フェリがようやくこちらを見た。額《ひたい》にじっとりと汗《あせ》を滲《にじ》ま

せたフェリに、レイフォンはさらに笑みを深めた。

「な、なんなんですか？」

もう、笑うしかない。

でも、決して顔では笑わない。

「ええとですね。一応《いちおう》です。一応、アドバイスをした方がいいと思ったので言わせてもらうだけです」

「だから、なんなんですか？」

「まず、皮を剝《む》いてから切った方が後々やりやすいと思うのですが」

フェリの瞳《ひとみ》が大きく見開かれた。

別にフェリのプライドとかなんとかなんだかそういうものに対して傷《きず》つけるとかそういうことがしたかったわけではなく、ごく当たり前の助言というものをしたかったというか一応は食べられるものが食べたかったというか、いや他人様《ひとさま》のキッチンで腕《うで》を振《ふ》るいたかったわけでは断《だん》じてないのだが……

「ふむ……これは、美味《おい》しいねぇ」

「はぁ……それはどうも」

芋と鳥肉をトマトソースで煮込《にこ》んだものを口にして、カリアンはとても満足そうに頷いた。

それを、レイフォンはなんとも気まずい気分で聞きながら隣《となり》のフェリを見た。

「…………」

ひどく不機嫌《ふきげん》な顔で黙々《もくもく》と食べている。

「……なんですか？」

「いえ……なんでも」

「……美味しいですよ」

「……ありがとうございます」

結局、大量にあった食材の中からレイフォンが夕食を作った。

ボウル一杯《いっぱい》に切られた芋は、さすがにこれだけでは使いきれなかったのでもう一品、魚の切り身ときのこと芋をバターで蒸《む》し焼きにしたものを作った。食材はたくさんあったので、というか買ってきていたので、芋とあわせるものには困《こま》らない。後は買ってきたパン。

これが三人の夕食となった。

「いやいや、近くのレストランで一緒《いっしょ》に夕食をと思っていたのだけれど……実は、手料理というものにはとんとご無沙汰《ぶさた》でね。ありがたいよ」

カリアンはとても満足な顔だ。

「ははは……まぁ、男の作ったものですけどね」

「作れるというだけで尊敬《そんけい》するよ。君は、料理が好きなのかい？」

「いえ……僕《ぼく》の育った孤児院《こじいん》では、料理はみんなで作るものでしたから」

「ははぁ、なるほどね」

レイフォンは血の繋《つな》がった親が誰《だれ》なのか知らない。小さな時に孤児院の園長に拾われた。その孤児院の園長は武芸者《ぶげいしゃ》でもあり、最初にレイフォンの才能《さいのう》に気付いた人物でもあった。

「料理ができるというのは羨《うらや》ましいね。私もここにきてからは覚えようと思ったのだけど、どうにも手が出ない。無精者《ぶしょう》だということなのだろうけどね」

それが額面《がくめん》どおりのことなのかどうかはわからないが、実際《じっさい》にキッチンを使ってみて、この兄妹が料理とは無縁《むえん》な暮《く》らしをしていたのはすぐにわかった。

「で、話というのは？」

「まぁ、それはこの後で、食事は楽しみたいのでね」

「はぁ……」

レイフォンとしてはさっさと話を済《す》ませてこの場から逃《に》げ出したかった。隣のフェリは不機嫌の極致《きょくち》に達してしまったようで、もう口をきく様子もない。黙々と食事を続けている。

カリアンも妹の不機嫌には気付いているようなのだが、まるで相手にしていないようだ。

(とにかく、さっさと食事を終わらせてしまおう)

レイフォンは諦《あきら》めて、食事を片付《かたづ》けることに集中した。

食事が終わり、さすがにこれは客にやらせるわけにはいかないとフェリが皿を片付ける
と、リビングに移《うつ》ったレイフォンたちにお茶を運んできた。

良い葉を使っているらしく、揺《ゆ》れる湯気が芳醇《ほうじゅん》な香《かお》りを運んでくる。

「さて、君に見せたいものというのはこれなんだけど……」

食事が終わると、カリアンはすぐに用件《ようけん》を切り出してきた。香りを楽しむ暇《ひま》もない。

カリアンが傍《かたわ》らに置いていた書類入れから一枚《まい》の写真を取り出した。

「この間の汚染獣《おせんじゅう》の襲撃《しゅうげき》から、遅《おそ》まきながらも都市外の警戒《けいかい》に予算を割《さ》かなくてはいけな
いと思い知らされてね」

「いいことだと思います」

そのことに今まで気がつかなかったのは、それだけツェルニが汚染獣の脅威《きょうい》から無縁で
いられたということなのだろう。

平和な都市だったのだ。

学生だけの都市ということで、都市の意識《いしき》である電子精霊《せいれい》も汚染獣には細心の注意を払《はら》っていたに違《ちが》いない。

学生による学生だけの都市。

言葉だけならばなにやらすばらしくも聞こえるのだが、悪く言ってしまえば未熟《みじゆく》者たちの集まりでしかないということでもある。

「ありがとう。それで、これは試験的に飛ばした無人探査機《たんさき》が送ってよこした映像《えいぞう》なんだが……」

その写真の画質《がしつ》は最悪だった。全《すべ》てがぼやけていて、詳《くわ》しく映《うつ》っているものはなにもない。

これは、大気中にある汚染物質のためだ。無線的なものはほぼ全て汚染物質によって阻《そ》害《がい》されてしまい、短距離《たんきより》でしか役に立たない。唯一《ゆいいつ》、長距離でもなんとかなるのは念威《ねんい》繰《そう》者《しや》による探査子の通信だが、これも都市同士を繋げるには無理がある。

写真を撮《と》った無人探査機は、念威繰者が関《かか》わってはいないのだろう。

「わかりづらいが、これはツェルニの進行方向五百キルメルほどのところにある山だ」

カリアンがその山を指でなぞり、ようやくレイフォンもそう見える気がしてきた。

「気になるのは、山のこの部分」

言って、その部分を指で丸を描《か》いて囲んだ。

「どう思う？」

カリアンはこれ以上、特になにも言わなかった。レイフォンに無用な先入観を抱《いだ》かせないためだろう。レイフォンもそれ以上は質問せず、写真から離《はな》れてみたり目を細めたりして何度も確認《かくにん》した。

やがて、写真をテーブルに戻《もど》したレイフォンは疲《つか》れた目を揉《も》み解《ほぐ》した。

邪魔《じゃま》をしないように隣《となり》で控《ひか》えていたフェリが写真を覗《のぞ》き込む。

「どうだね？」

「ご懸《け》念《ねん》の通りではないかと」

「ふむ……」

レイフォンの答えに、カリアンが難《むずか》しい顔でソファの背《せ》もたれに体を預《あず》けた。

「なんなのですか、これは？」

しばらく写真を眺《なが》めていたフェリが聞いてくる。

「汚染獣ですよ」

フェリは目を丸くしていたかと思うと、すぐにきっと兄を睨《にら》み付けた。

「兄さんは、また彼を利用するつもりですか？」

「実際、彼に頼《たよ》るしか生き延《の》びる方法がないのでね」

詰問《きつもん》されたカリアンは落ち着いた様子で淡々《たんたん》と答える。

「なんのための武芸科《ぶげい》ですか！」

「その武芸科の実力は、フェリ……君もこの間の一件《いっけん》でどれくらいのものかわかったはずだよ」

「しかし……」

「私だって、できれば彼には武芸大会のことだけを考えていて欲《ほ》しいけれどね、状況《じょうきょう》がそれを許《ゆる》さないのであれば、諦《あきら》めるしかない。

で、どう思う？」

カリアンの指が汚染獣らしき影《かげ》を押《お》さえる。

「おそらくは雄性体《ゆうせい》でしょう。何期の雄性体かわかりませんけど、この山と比較《ひかく》する分には一期や二期というわけではなさそうだ」

汚染獣には生まれついての雌雄《しゆう》の別はない。母体から生まれた幼生《ようせい》はまず一度目の脱皮《だっぴ》で雄性となり、汚染物質を吸収《きゅうしゅう》しながら、それ以外の餌《えさ》……人間を求めて地上を飛び回る。脱皮の数を一期、二期と数え、脱皮するほどに雄性体は強力となる。

繁殖期《はんしょくき》を迎《むか》えた雄性体は次の脱皮で雌性体《しせい》へと変わり、その時にはすでに腹《はら》には無数の卵《たまご》を抱《かか》え、孵化《ふか》の時まで地下に潜《ひそ》み、眠《ねむ》り続ける。

「あいにくと、私の生まれた都市も汚染獣との交戦記録は長い間なかった。だから、強さを感覚的に理解《りかい》していないのだけれど、どうなのかな？」

「一期や二期ならばそれほど恐《おそ》れることはないと思いますよ。被害《ひがい》を恐れないのであれば、ですけどね」

「ふむ……」

「それにほとんどの汚染獣は三期から五期の間には繁殖期を迎えます。本当に怖《こわ》いのは繁殖することを放棄《ほうき》した老性体です。これは年を経《へ》るごとに強くなっていく」

「倒《たお》したことがあるのかい？　その、老性体というものを？」

「三人がかりで。あの時は死ぬかと思いましたね」

幼生との戦いで圧倒的《あっとうてき》な強さを見せたレイフォンが死を覚悟《かくご》した老性体。

その事実に二人が息を呑んでいるのを、レイフォンはなんとなくだが突《つ》き放した気持ちで見つめた。

夕食が終わり、レイフォンはロス兄妹の寮《りょう》を辞《じ》した。

「恨《うら》んでますか？」

「前にも、それは聞かれましたね」

螺旋階段《らせんかいだん》の途中《とちゅう》で見送りに出たフェリが聞いてきて、レイフォンは苦笑《くしょう》を浮《う》かべた。

「冗談《じょうだん》で言ってるんじゃありません」

「わかってますよ」

「あなたがグレンダンの、元とはいえ天剣授受者《てんけんじゅじゅしゃ》だったことはほとんどの人が知りません。兄だって広めるつもりはないでしょう。無視《むし》はできるはずですよ？」

この間の汚染獣《おせんじゅう》を撃退《げきたい》したのがレイフォンだと、ほとんどの人間が知らない。知っているのはカリアンと武芸長のヴァンゼ、そして第十七小隊のメンバーだけだ。

グレンダンの天剣授受者……グレンダン以外の人間では知っている者は少ないが、武芸の盛《さか》んな、そしてもっとも汚染獣と数多く戦った、そして今も戦い続けているグレンダンで最高の武芸者十二人に与《あた》えられる名前が、天剣授受者だ。

「まぁ、簡単《かんたん》に人に言えるものでもないですしね」

レイフォンはグレンダン史上最年少で天剣授受者となったが、その名は不名誉《ふめいよ》な出来事で剝奪《はくだつ》されてしまっている。

レイフォンの素性《すじょう》を皆《みな》に知らせるということは、その不名誉な過去《かこ》まで知られてしまうということにも繋《つな》がる。

だから、話せない。

「どうして嫌《いや》と言わないのですか？　本当は武芸だってやめたいのでしょう？」

「やめたいと思ってるのは今でも変わらないんですけど……」

「なら、どうして……」

「結局、汚染獣のことにしても、武芸大会のことにしても、知らないが通せないじゃないですか、きっと、だからじゃないですか？」

自分でも落ち着いてそんな答えが出せることに驚《おどろ》きながら、そう答えた。

「ばかですね」

「うわっ、ひどっ！」

「ばかですよ」

小さな声でそう繰《く》り返されて、レイフォンは肩《かた》をすくめるしかなかった。

02　できることがある

剄《けい》とはすなわち、あらゆる人間の中に備《そな》わっている流れの力だ。

血液《けつえき》の流れ、神経《しんけい》に情報《じょうほう》を伝達する電気の流れ、脊髄《せきずい》を突き抜《ぬ》ける髄液の流れ……

錯綜《さくそう》する思考の奔流《ほんりゅう》。

あらゆる流れの中で、その余波《よは》のように生まれてくるものが剄である。

が、その余波のような、生命の活動から生まれるある意味余分なエネルギーを大量に発生させる独自《どくじ》の器官を保有《ほゆう》する人間が誕生《たんじょう》した。

剄は肉体の能力《のうりょく》を大幅《おおはば》に強化し、あるいは外部への直接《ちょくせつ》的な破壊《はかい》エネルギーに変化する。

それは汚染された世界に生きる人類の生存《せいぞん》本能が生んだ新たな能力なのか。

それとも、徐々《じょじょ》に汚染物質《ぶっしつ》に犯《おか》されていく人類の異形《いぎょう》化なのか……

人類はそれを天の恩寵《おんちょう》と呼び、尊《とうと》んでいる。

そして、その剄の力が武術《ぶじゅつ》に昇華《しょうか》し、少しずつ、世界中の都市へと流れていくには長い時間が必要とされ、その間にも多くの都市は汚染獣の餌食《えじき》となった。

「ふっ！」

短い呼気《こき》が耳元を駆《か》け抜けていく。レイフォンは走り抜ける気配を確《たし》かめながら開いた体を戻《もど》して気配に相対した。

ブーツの靴底《くつぞこ》がすぐそこにあった。

「わ……」

突きのように放たれた蹴《け》りを、腰《こし》を落としてかわす、巻《ま》き込まれた突風《とっぷう》が前髪をかき上げる中、前のめり気味に前進して相手の懐《ふところ》に入る。

背後《はいご》で蹴りがかかと落としに変化するのを感じた。狙《ねら》っているのは背骨《せぼね》だ。レイフォンは速度を上げて蹴り足の膝《ひざ》関節を裏《うら》から押さえ胸元《むなもと》に手を置くと、軸足《じくあし》をかかとで払《はら》った。

「うわ……」

赤い髪を跳《は》ね散らしながら、相手が緩衝材《かんしょうざい》の入った床《ゆか》に背中から倒《たお》れる。

派手《はで》な音が体育館の中に響《ひび》いた。

「大丈夫《だいじょうぶ》？」

倒れた相手に、レイフォンが手を差し伸《の》べた。

「つぅ……今のはうまくいくと思ったんだがな」

「うん、危《あぶ》なかった」

「よく言う。ぎりぎりで速度を上げたろう？　あれのおかげで計算がずれた」

乱《みだ》れた髪を直しながら、ナルキがにやりと笑った。

「それにしてもレイとん……お前はあたしが女だというのを忘《わす》れていないか？」

「え？」

呟《つぶや》き、首を傾《かし》げるよりも早く、自分がナルキの胸《むね》に手を置いたことを思い出した。

「たしかに、あたしは小さい方だと自認《じにん》しているが、なにも感じないというのではさすがに女として、な……」

「あ、いや……そういうわけじゃないんだよ。ただ、体がかってに流れを作っちゃってそれで……」

恨《うら》めしげに睨《にら》んでくるナルキに、レイフォンは慌《あわ》てて抗弁《こうべん》する。そういえばむにゅっとした感触《かんしょく》が手に残ってるようなないような、微妙《びみょう》に残るこの感じを楽しめなかったのはちょっともったいないなとかいやいやいやそんなこと考えてどうする……

その姿《すがた》に、ナルキがふっと笑《え》みを作った。

「冗談《じょうだん》だ。わかっているさ」

「ひ、ひどいな……」

「まぁ、しかし……女性《じょせい》の胸に触《さわ》ったのなら、それなりになにかあって欲《ほ》しいとは思うな。

それは男の礼儀《れいぎ》だ」

「そういうもんかな？」

「ものだ。まぁ、だからといって簡単《かんたん》に触らせてやる気もないが……」

言いながら、ナルキが体育館を見回す。

その視線《しせん》を、レイフォンも追いかけた。

今は武芸《ぶげい》科のみの格闘技《かくとうぎ》の授業《じゅぎょう》だ。あちこちでレイフォンたちと同じ一年生が打たれ、蹴られ、床に倒れていく。けたたましい音が体育館いっぱいに充満《じゅうまん》していた。相手をしているのは三年生だ。さすがに一年生では三年生を相手にするのは難《むずか》しいらしく、一年生が勝っている姿は見られそうになかった。

レイフォンだけは一年生にして小隊員ということもあってか、全員が組むのを敬遠《けいえん》したためにナルキと組み手をしていた。

「レイとんの隊長殿《どの》は、どこか悪いのか？」

二人の視線の先にはニーナがいた。ニーナは二人の一年生を同時に相手にしている。果《か》敢《かん》に攻《せ》めてくる一年生二人を、ニーナは冷静にあしらっていた。

「そう見える？」

「見える。なんていうか、心ここにあらずという感じだな」

「やっぱり」

レイフォンもそう思っていた。

「なにか、心当たりでもあるのか？」

「この間の試合ぐらいしかないんだけどな」

「ああ……負けたのは、確《たし》かにショックだろうな」

ほとんどの小隊の隊長が四年生以上の上級生である中で、ニーナはいまだに下級生の部類に入る三年生だ。下級生が隊長で小隊を新編成《しんへんせい》する許可《きょか》が下りたのは偏《ひとえ》にニーナの実力が抜《ぬ》きん出ていたからだが、彼女はただ隊長になりたいだけで小隊を作ったわけではない。

ニーナは、自分の力でなんとか今のツェルニの状況《じょうきょう》を打破《だは》したいと思っているのだ。

つまり、次の武芸大会での勝利を自分の手で摑《つか》みたいのだ。

だから、この間の試合で負けたのはニーナにとってはショックなことなのだろう……

「うーん」

とは思うのだが……

「なんだ？　違《ちが》うのか？」

「いや、そうだとは思うんだけど……」

それだけではないような気もするのだ。

それがなんなのか、レイフォンにははっきりとは言えないけれど漠然《ばくぜん》とそれだけではないような気がする。

気がするだけの曖昧《あいまい》な感覚なのだけれど、どうしても試合に負けたという単純《たんじゅん》な理由ではないように思う。

「おいそこ、まじめにやれ」

「あ、すいません」

反射《はんしゃ》的に謝《あやま》ると、そこには三年生がいた。

三人だ。

さらに、その三人の背後《はいご》に数人の一年が囲むように立っていた。

一年生の方は好奇《こうき》の目をレイフォンに向けている。

では、三年生は……

「なにか御用《ごよう》ですか？」

「そっちの、十七小隊のエース君にあるかな」

質問《しつもん》したナルキを見もせず、レイフォンに挑発《ちょうはつ》的な視線を向けてくる。

「はぁ……」

気のない返事をしながらも、この種の態度《たいど》には覚えがあった。

「用件《ようけん》は……三人でですか？」

「む……」

悪意と挑発と見下し……そして隠《かく》された嫉妬《しっと》。

取り囲む空気に混《ま》じった負の感情《かんじょう》は、レイフォンには本当に慣《な》れたものだった。

グレンダンで天剣授受者《てんけんじゅじゅしゃ》となる前、そしてなってからも。

年少者であることへの侮《あなど》り、勝てるのではないかという見下し……そして、そんな子供《こども》に追い抜かれているということへの嫉妬。

「別に、僕《ぼく》はかまいませんけど」

「レイとん……？」

ナルキが訝《いぶか》しげに声をかけてきたが、すぐになにかを察したかのようにレイフォンから距離《きょり》を開ける。

「君、剣もってないけど、いいのかな？」

三人の内の一人が、ひきつった笑《え》みで聞いてきた。

「かまいません。いまは格闘技《かくとうぎ》の授業《じゅぎょう》ですし、なくて当たり前です」

「たいした自信だね」

「自信とか、そういうのではないですよ。授業です、これはあくまで」

「それは、自信じゃないのかな？」

あくまでも紳士《しんし》的な態度を取ろうとする彼の表情もそろそろ限界《げんかい》が来ているようだった。

レイフォンは自分の中で言葉と感情が距離を開けていくのを感じていた。

ただ淡々《たんたん》と、機械のように反応《はんのう》を返していく。

適当《てきとう》に言葉を濁してこの場をごまかすなんてことをしたところで、この後の状況がよくなるなんて思えない。

なら、受けるしかないだろう。

しかし、受けたとしてもこの後の状況がよくなるとも思えない。

「自信ではありません。事実です」

それでも言葉を返す。

「……わかった」

悪意が怒気《どき》に変わったのを見計らって、野次馬《やじうま》たちの息を呑む音が聞こえた。三年生の三人が、レイフォンの正面と左右に移動《いどう》するのを黙《だま》って見つめる。

レイフォンは、構《かま》えるでもなく一歩下がって三人を視界《しかい》に収《おさ》める位置に移動した。

「では……」

正面の一人、さきほどから話していた三年生がそう呟《つぶや》いた時には、すでに左右の二人がレイフォンのすぐそばまで移動していた。

「いくぞ」

内力系活剄《けいかつけい》による肉体強化。直立状態《じょうたい》の残像《ざんぞう》を残して至近《しきん》まで近づいた二人が拳《こぶし》と蹴《け》りを放ってくる。

弾丸《だんがん》のように突き出された拳と大鎌《おおかま》のように空を薙《な》いだ蹴りは、しかしレイフォンに当たることはなかった。拳と蹴りは虚《むな》しく大気を突き破《やぶ》るのみ……レイフォンの姿もまた残像だった。

「ちぃっ！」

三人がレイフォンの姿を探《さが》す。

レイフォンは宙《ちゅう》にいた。

高く跳《と》び上がったレイフォンは体を回転させると体育館の天井《てんじょう》に張《は》り巡《めぐ》らされた鉄筋《てっきん》を蹴り、一気に降下《こうか》する。

緩衝材《かんしょうざい》の入った床《ゆか》に重苦しい衝撃《しょうげき》音を立てさせたレイフォンは、正面にいた三年生のすぐ前にいた。

「なっ！」

驚《おどろ》きの表情はすぐ近く。レイフォンは着陸の衝撃を緩和した膝《ひざ》を伸《の》ばし立ち上がる。

向き直る。

崩《くず》れ落ちる三年生には見向きもせず、倒れる途中《とちゅう》の三年生の背後《はいご》に回る形で残り二人に

その動作の流れの一つで、三年生の鳩尾《みぞおち》に拳を埋《う》めた。

「ぐうっ」

その二人はレイフォンの着地音で振《ふ》り返り、倒れる仲間に目を見張っている。

レイフォンは、やはり構《かま》えない。倒れる三年生を見ることもなく、残った二人を視界の

一部に収めるようにして悠然《ゆうぜん》と立つ。

すぐ近くで、倒れた三年生を床が無造作《むぞうさ》に受け止める音がした。

その瞬間《しゅんかん》に、レイフォンは消えた。

消えたように見えたことだろう。事実、残った二人にはレイフォンの動きが追えていな

かった。

残像すら残すことなく、わずかに風を揺《ゆ》らめかせただけの静かな瞬速で、レイフォンは

二人の至近に移動すると順番に鳩尾に拳を埋めた。

「がふっ」

「ぐっ」

短く息を吐《は》いて、二人が倒れる。

わっと、一年生たちから歓声《かんせい》が起こった。

レイフォンは息を吐いて、無表情《むひょうじょう》となっていた顔を緩《ゆる》めた。

†

「あれは、少し感心しないな」

「え？」

今日も、昼ご飯はメイシェンが弁当《べんとう》を用意してくれていた。

それをありがたくいただきながら、ミィフィが一人で喋《しゃべ》りまくっているところで、ナルキが口を挟んだのだ。

今日は昼で授業が終わり、四人は少し遠出をして一般《いっぱん》教養科上級生たちの校舎《こうしゃ》の近くにある食堂にやってきていた。

この食堂にはテラスがあり、そこは養殖《ようしょく》科の使用する淡水湖に張り出した形になっている。

席料として注文したジュースがテーブルに並《なら》び、中央に置かれたバスケットから四人が思い思いにメイシェンの手料理を摘《つ》まむ。

視界の一面を覆《おお》う湖の風景を眺《なが》めながらの食事は新鮮《しんせん》だった。遠くの湖の端《はし》には果樹園《かじゅえん》が広がっていて、そのさらに向こうには農業科の農地が広がっている。高い建物がない。空が樹木《じゅもく》に混《ま》ざり合っているかのようだった。

「体育の授業での、三年生たちへの態度だ」

「ああ……」

「ええ？　別にいいんじゃない？」

耳聡《みみざと》いミイフィはレイフォンたちが話すよりも早く体育館での一件《いっけん》を知っていた。それをメイシェンに話しているところで、ナルキが言ったのだ。

「だって、どう考えたってやっかみじゃん」

「それはそうだ。別に先輩《せんぱい》なんだからやられてやれなんて言うつもりはない。だが、少しは顔を立ててやるぐらいの配慮《はいりょ》は必要だったろうな」

のんびりとやってきたために食堂には人が少ない。ナルキの声に周りを気にする様子はなかった。

「ん～？　例えば？」

「三人同時ではなくて、一人ずつにするとかな」

「そう……かな？」

だが、一人ずつであの先輩たちは勝負しただろうか？

「え〜そんなの受けるわけないって。だって、小隊の人とかじゃないんでしょ?」

ミィフィの言葉に、ナルキは頷《うなず》く。

「受けなかったかもしれないがな。三人いっぺんに片付《かたづ》けるにしても、向こう側からそう言わせるようにすればよかったな。あれでは、レイとんの方が悪者のようだぞ」

「あ……」

そう言われれば、そうかもしれない。

「レイとんにとっては他人の風評《ふうひょう》なんてどうでもいいのかもしれないがな。周りにいる者は多少、困ることになるかもしれない」

そう言ったナルキがメイシェンを見る。

「……わ、わたしは気にしないよ」

慌《あわ》てたようにメイシェンが手を振る。

「うん、ごめん。考えてなかった」

「……まぁ、きつい物言いだが、自分の友達を悪く言われるのは好かないだけだからな」

「うん、ありがとう」

レイフォンは素直《すなお》にナルキに頭を下げた。

「まぁまぁ。レイとんが悪いわけじゃないんだから、そんなに気にする必要ないんじゃない？」

「……そう。レイとんが気にすることない」

「……ありがとう」

礼を言うと、メイシェンが真っ赤になって俯《うつむ》く。

しかし、確《たし》かに自分のあの態度《たいど》には問題があるのだろう。ナルキの言うとおり、敵《てき》を作ることになってもかまわない……むしろそんなことにはまるで興味《きょうみ》がない。ただ目の前に起きている小さな問題を即座《そくざ》に解決《かいけつ》してしまいたい。その後がどうなろうと知ったことではない。

そういう態度だったとは思う。

どうしてああいう態度を取ったのか？

そんなものは問うまでもなく、悩《なや》むまでもない。

きりがないからだ。

グレンダンで天剣授受者《てんけんじゆじゅしゃ》の座《ざ》を得るまで、あの手の嫉妬《しっと》と侮《あなど》りの入り混《ま》じった手合いには散々に出会っている。

勝負を持ちかけられる。

子供《こども》だからと侮られる。

それら全《すべ》てに、一々真面目《まじめ》に対応《たいおう》しているのはひどく馬鹿《ばか》らしいし、最初はナルキの言うような対応の仕方すら知らなかった。多少大きくなった時に、少しは争いを避《さ》けるような態度もいいのではないかと思ったものだが……

……結局は子供時代にやっていた、拳《こぶし》で解決する方が手っ取り早いと悟《さと》ってしまった。いまでは反射《はんしゃ》的にああいう感じになってしまう。

それを今までは別になんとも思わなかった。周りにどう思われようと知ったことではないし、強い自分というものを孤児院《こじいん》の皆《みな》は喜んでくれているように思えたからだ。

それだけで十分だった。

しかし、だからこそ……

「そういえばさ……」

ミィフィが話題を変えるそぶりを見せ、レイフォンは思考を止めた。

「今日はまたなんでここにしたわけ？　いや、わたしもいつかはここには来るつもりだったけど……」

今日、ここに来ようと言い出したのはナルキだ。養殖《ようしょく》科のそばにある食堂は女生徒に人気がある……この情報《じょうほう》を最初に持ち込《こ》んだのは当たり前のようにミィフィで、いつかは行こうという話をしていたのは、レイフォンも聞いていた。

しかし今日、突然《とつぜん》にナルキが言い出したのにはレイフォンも少しおかしいなと感じていた。

こういうことを言い出すのはいつも必ずミィフィだからだ。

「いや、実はな……」

折りよく吹《ふ》き抜《ぬ》けた風が赤い髪《かみ》を巻《ま》き上げ、ナルキは言い難《づら》そうに髪をかきあげた。

「レイとんに頼《たの》みごとがあってな」

「わざわざここで？」

訊《たず》ねるミィフィに、ナルキはやはり歯切れ悪く答える。

「うん。ここでなければだめというわけではないんだが。承諾《しょうだく》してくれれば、そのまま話を持っていけるから……な」

「……大変なことなの？」

「大変なこともあれば、ただ暇《ひま》なばかりの時もある。疲《つか》れる時もあれば、まったく疲れない時もある。でも、時間だけはきっちりと過《す》ぎる」

「まるで謎《なぞ》かけだね」

「そうだな。こんなのはあたしらしくないな」

そう言うと、ナルキはひっそりと息を吐《は》いた。

「……もしかして、ナッキのお手伝い？」

メイシェンが口を開き、ナルキが苦笑《くしょう》を零《こぼ》した。

「ああ、そうだ」

ナルキの手伝いとは、つまり都市警《けい》の仕事の手伝いということだ。

「僕《ぼく》が？」

意外な話の流れに、レイフォンがナルキに確認《かくにん》した。

「別に小隊から引き抜《ぬ》きをしたいわけじゃない。入ったばかりのあたしにそんな権限《けんげん》があるはずもない。ただ、武芸科には都市警への臨時《りんじ》出動員枠《わく》というものがあるらしい。あたしも入ってから知った。その出動員がいま定員を欠いているらしくてな」

「それに、僕を」

「ああ……レイとんと知り合いだというのを上司に知られてしまってな。声をかけてみてくれと言われた。やはり、一年で小隊員というのは目を引くのだろうな」

「でも、僕は機関掃除《そうじ》もしてるんだけど……」

「もちろん、わかってる。だから無理にとは言わない。臨時出動というくらいだからいつ呼《よ》ばれるかもわからないし、給料もそれほどいいとは言えない。ただでさえ生活が不規則《ふきそく》なレイとんに、さらにそんな仕事を頼むのは無理だとはわかってるんだけどな」

困《こま》ったように表情を歪《ゆが》めるナルキに、レイフォンはなにかあるのだろうなと思った。それがなにかなのはわからないけれど、レイフォンがいなければ困ったことになるのかもしれない。

そうではないのかもしれない。

ただ、ナルキの話を受けなければ、その話を聞くこともできないのだろうなとは感じる。

「わかった、やるよ」

そう答えて、一番驚《おどろ》いた顔をしたのはナルキだった。

「……いいのか？」

「うん、ナルキにも……もちろん二人にもよくしてもらってるし、僕にできることがあるんなら、なんでも」

「いや……ここまで来てあたしが言うのもなんだが、二、三日考えてからでもいいんだ。それでも遅《おそ》くはない」

「大丈夫《だいじょうぶ》だよ。機関掃除の仕事とか、小隊のこととか、そこら辺をちゃんと理解《りかい》してくれてるんだったら問題ないと思うよ」

「そういうのはあたしがなんとかするよ。あたしが頼んでいるんだからな」

「うん。なら、この話はここまで」

まだどこか申し訳《わけ》なさそうなナルキに、レイフォンは手を叩《たた》いて話を切った。

まさか、その夜から出動を頼まれるとは思わなかった。

†

「すまんな」

「いいよ」

隣《となり》のナルキが申し訳なさそうにするのに、レイフォンは苦笑を返した。

二人は外縁部《がいえんぶ》にある宿泊施設《しゅくはくしせつ》側のビルの上から地上を見下ろす。

都市警でのナルキの上司は養殖科の五年生だった。名はフォーメッド・ガレン。小柄《こがら》だがしっかりとした体つきで、案内された研究室で神経質《しんけいしつ》そうな目で水質の検査《けんさ》をしていた。

「ああ、君が……すまないね。よろしく頼む」

とっつきにくそうな顔をしてはいるが、根は悪くはなさそうだと思った。大工か鍛冶屋《かじや》かというような太い腕《うで》で慎重《しんちょう》にフラスコをテーブルに戻《もど》す姿《すがた》には愛嬌《あいきょう》があるようにも見える。

「さっそくだが、君の力を借りたい」

「はい」

一瞬《いっしゅん》、脳裏《のうり》に浮《う》かんだ戸惑《とまど》いは表情《ひょうじょう》には出さなかった。ただ、ナルキのどこか隠《かく》せない悩《なや》みがこれなのだろうと思った。

「詳《くわ》しいことはおいおい話すとして、今夜時間は空いているかな？」

「機関掃除の仕事がありますが、そちらをなんとかしていただけるのなら」

「よし、そっちは俺《おれ》の方から話を通しておく。給料の方も、満額《まんがく》とは言えんが出すようにしよう。もちろん、それ以外でも、都市警《うち》からの報酬《ほうしゅう》も出す」

「いえ……そこまで……」

「俺たちの本分はあくまでも学生だ。学生生活に支障《ししょう》が出るような状況《じょうきょう》には、相応《そうおう》の対価《たいか》を出さなくてはな」

レイフォンの遠慮《えんりょ》はあっさりと切って捨《す》てられた。

「そして、学生の本分の成果を横から掠《かす》め取るような奴《やつ》らには、断固《だんこ》とした処断《しょだん》を下さなくてはならん」

はっきりとそう言ったフォーメッドには、隠しようもない怒《いか》りが浮かんでいた。

そして、レイフォンたちは夜天の下、ビルの上から宿泊施設を監視《かんし》していた。

「それにしても、こういうのも商売になるんだね」

意外な気分で、レイフォンは宿泊施設から目を離《はな》さないままに呟《つぶや》いた。

宿泊施設のすぐそばにはツェルニの外部への入り口である放浪《ほうろう》バスの停留所《ていりゅうじょ》がある。

利用者の多くは他都市への移動《いどう》中の者たちで、次の放浪バスが来るまでの間はここに寝《ね》泊《とま》りすることが原則《げんそく》となっている。それ以外では都市間を移動して商売を行うキャラバンたちがほとんどだ。たまに根無し草の本物の旅人たちも訪《おとず》れないでもないが、そういうのはごく稀《まれ》だ。

都市内部はあくまでも学生たちのものであり、旅人たちの自由はある程度《ていど》制限《せいげん》される。そのために用意されているのが宿泊施設だ。

「情報《じょうほう》はいつだって重要だ。そう教えられなかったか？」

肩《かた》にかけた取り縄《なわ》を弄《いじ》りながらナルキが言う。

「まぁね。向こうにいた時は処分品の割引《わりびき》日とか、いっつも調べてたからね」

「いや、そういうのとは少し違《ちが》う気がするが……」

「大切だよ。そうしないと何人かの子が年を越《こ》せなかった時もあったから」

「…………」

唖然《あぜん》とする気配を横で感じながら、レイフォンはフォーメッドの言葉を思い出していた。

レイフォンたちが監視しているのは、何棟《とう》かある宿泊施設の一つだ。

そこには二週間ほど前から、ある一団《だん》が寝泊りしている。碧壇《へきだん》都市ルルグライフに籍《せき》を置く流通企業《きぎよう》ヴィネスレイフ社のキャラバン。宿泊者名簿《めいぼ》には類別「キャラバン」となっている。

実際《じつさい》、ヴィネスレイフ社のキャラバンはツェルニに来て、ツェルニの商業科が中心になっている営業窓口《えいぎようまどぐち》で数都市の新聞データと小説や漫画《まんが》、他《ほか》にファッション等の雑誌《ざつし》、映画《えいが》等のエンタテインメントデータを売りに来た。それに対してツェルニ側は同じように新聞データとツェルニで作成されたエンタテインメントデータ、それに農業科で作られた〝発表済《ず》み〟の新種作物の種子を売った。

それからキャラバンの一団は宿泊施設に二週間滞在《たいざい》している。

「それ自体はおかしなことじゃない。次の放浪バスはまだ到着《とうちゃく》していないしな。だが……」

放浪バスに定期的な到着時間はない。おのおの自由に移動する都市間を渡《わた》るのだ、スケジュールなど組み立てられるはずもない。目的地へ向かうバスに乗るために、一月待つことさえある。

「だが、奴らの目的は普《ふ》通《つう》のデータ売買ではなかった」

一週間前、農業科の研究室が荒《あ》らされていた。調査《ちょうさ》すると農業科のデータバンクに不正アクセスの痕跡《こんせき》が発見された。

「持ち出されたデータは未発表の新種作物の遺伝子《いでんし》配列表だ。学園都市連盟《れんめい》での発表前の、これは立派《りっぱ》な連盟法違反《いはん》だ」

「でも、彼らが犯人だという証拠《しょうこ》は……？」

データチップは非常《ひじょう》に小さい。それこそ、最小で爪《つめ》ほどのものなのだ。隠す方法なんてそれこそ無限大にあるし、しかも、そのキャラバンが商品として持ってきたものもデータだ。木を隠すには森の中ではないが、彼らが持っていたとしても証拠品を見つけ出すのは困難《こんなん》を極《きわ》めることになるだろう。

「証拠ならある。監視システムの方も沈黙《ちんもく》させられていたが、機械はごまかせても生の人間の目はごまかせない」

目撃者《もくげきしゃ》がいたのだ。

「今夜、うちの交渉人《こうしょうにん》があの宿泊施設《しゅくはくしせつ》に出向き、盗《ぬす》んだデータの返還《へんかん》、そしてデータコピーによる不正持ち出しを防《ふせ》ぐため、データ系統《けいとう》の商品と所持品の全没収《ぼっしゅう》を宣言《せんげん》しに行く」

それぞれの都市に法律《ほうりつ》があり、または学園都市連盟などの都市間組織《そしき》により執行《しっこう》される広域《こういき》に適用《てきよう》される法もあるにはあるが、それらの拘束《こうそく》力はやはり実際に適用される都市内でしか効力《こうりょく》がない。

そしてツェルニには犯罪者《はんざい》を長く留置する刑務所《けいむしょ》の類はない。学生が罪《つみ》を犯《おか》した場合には停学か退学《たいがく》の二択《たく》しかなく、宿泊施設を利用するような異邦人《いほうじん》には、都市外退去、そして今回のように企業あるいは何らかの団体が絡《から》んでいる場合には、その団体が居《きょ》を置く都市政府《せいふ》と、その団体に報告《ほうこく》を行うぐらいしかできない。その都市で犯罪者たちに新たな罰《ばつ》が下されるかどうかは、こちらが干渉《かんしょう》できることではない。

だが、都市は放浪バスでもない限《かぎ》りは閉鎖《へいさ》された場所だ。さらに犯罪者が異邦人ときては逃《に》げ場などあるはずもない。たいていは無駄《むだ》な抵抗《ていこう》もなく都市警の指示《しじ》に従《したが》う。抗《あらが》って死刑や都市外への強制《きょうせい》退去……すなわち、むき出しの地面に投げ出されるよりははるかにいい。二度とその都市に近づかなければ、罪は消えてなくなるのだから。

だが……

フォーメッドが表情を苦く歪《ゆが》ませた。

「本来ならばこれでうまくいくんだが、最悪のタイミングで放浪バスがやってきた」

「出発は？」

「補給《ほきゅう》と整備《せいび》に三日、手続き等で管理の連中に時間稼《かせ》ぎをさせてみたが、明日の早朝には出てしまう」

退路があるとわかっていれば、向こうも力尽《ず》くで脱出《だっしゅつ》を図《はか》る可《か》能性《のうせい》は高い。

いや、するだろう。

「今夜が勝負ですね」

「ああ……目撃者の発見が早ければもう少し余裕《よゆう》があったかもしれないが。まぁ、それは悔《く》いてみても仕方がない。問題は、実力行使になった時の向こう側の戦力だ。武芸者《ぶげい》の数は把握《はあく》できていないが零《ゼロ》ということは絶対《ぜったい》にないだろう。いま都市警《けい》にいる武芸科の連中で対人の実戦経験《けいけん》がある奴《やつ》は稀少《きしょう》だ。この間のおかげで、対化け物の実戦経験なら多少は積めただろうが……生身の人間と本気でやる経験となれば小隊員の方がいいからな」

「しかし、それなら別に僕でなくても……」

「いいや、君でないとだめなんだ」

フォーメッドがにやりと笑って、レイフォンの肩《かた》を叩《たた》いた。

「期待させてもらうぞ、ルーキー」

叩かれた肩を撫《な》でる。別に痛《いた》みがあるわけではないが、フォーメッドの期待がそこに貼《は》り付いているような気がした。

それは悪い感触《かんしょく》ではないような気がする。

だが、良い感触だと言い切れない自分がいるのもまた確《たし》かだった。

(誰《だれ》かに期待されるの、迷惑《めいわく》だと思ってる?)

それはどうなのだろうと自問してみるが、答えは出そうにはない。

「すまん」

宿泊施設の周囲に隠《かく》れるようにして都市警の機動部隊が配置され、二人組の交渉人《こうしょうにん》が宿泊施設へと向かっていく。

もうすぐ事態《じたい》が動くという時に、ナルキがそう言った。

「なに?」

「こんなことを、お前に頼《たの》んで」

「別に、僕が良いって言ったんだから」

「いや、だって……これは卑怯《ひきょう》な交渉だ。あたしという知人を使って……」

「いいじゃない、僕にできることがあれば。メイシェンの弁当《べんとう》は美味《おい》しいし、ありがたいけれど、もらってばかりはやっぱり気が引ける。こういう形ででも返すことができるのは、嬉《うれ》しいことだよ」

「違《ちが》う。レイとんは知らないのだろうが、小隊員《エリート》は都市警の臨時《りんじ》出動員なんて受けないんだ。小隊員がやる仕事じゃないって」

レイフォンはそれで、フォーメッドの「君でないとだめなんだ」という言葉に納得《なっとく》が言った。なるほど、なにも知らないから使いやすいと思ったのか。

肩に貼り付いていたフォーメッドの手の感触が消えたような気がする。

しかしそれでも、別に嫌《いや》な気はしない。

「それはおかしなことだよ。力は必要な時に必要な場所で使われるべきだ。小隊員の力がここで必要なのなら、小隊員はここで力を使うべきだよ」

実際《じっさい》、主として汚染獣《おせんじゅう》との戦いを引き受ける天剣授受者《てんけんじゅじゅしゃ》たちも、治安維持《ちあんいじ》のために警察機関に出動を要請《ようせい》されることもある。天剣授受者たちの中には、どうしようもないほどに汚染獣と戦うぐらいにしか使いようのない力の持ち主もいたけれど、そうでない者たちは要請にはよほどのことがない限《かぎ》り引き受けていた。

レイフォンにとって、小隊員のような権力《けんりょく》に与《くみ》する武芸者が力の使いどころの好き嫌《きら》いを語るのは、とても違和《いわ》感のある話だった。

「レイとん……」

「それに、ちゃんと給料も出てるんだから、ナルキがこれ以上気にすることじゃないよ」

「そうか……そうだな。……なら」

ナルキが表情を緩《ゆる》め、その目を少しばかり悪戯《いたずら》っぽく光らせた。

「弁当の礼はちゃんとメイに返してやってくれ。休日に二人で遊びに行くぐらいでいいから。最近、なんだか悩《なや》みごとがあるらしくてな、相談相手にでもなってくれ」

「ううん……」

「だめか？」

「いや、いいんだけど。彼女をどこにつれていけば喜ぶのかな？」

「まだ行ってない食べ物屋はたくさんある。ミィに雰囲気《ふんいき》の良さそうな店を見繕《みつくろ》わせるさ。その後は自分で考えてくれよ」

「それが一番困《こま》るよ」

なにしろ、女の子と二人で遊ぶなんてリーリンぐらいでしか経験がない。その時にはリーリンを異性《いせい》だなんて意識《いしき》してなかったし、そんな年齢《ねんれい》でもなかった。

女の子が喜ぶところなんて、まじめに考えたことがない。

「がんばってくれ」

レイフォンのため息にナルキが笑う。

激《はげ》しい音が宿泊施設《しゅくはくしせつ》から迸《ほとばし》った。

二人で表情《ひょうじょう》を引き締めて宿泊施設を見た。

ドアが吹《ふ》き飛んだ。ドアの破片《はへん》に紛《まぎ》れるように交渉人《こうしょうにん》の二人も転がり出てくる。血が舞《ま》うのをレイフォンの目は捉《とら》えた。

ドアの破片を蹴散《けち》らしながら五人の男が出てくる。書類に書かれた人数は五人……あれで全員だ。一人が古びたトランクケースを持っている。あれの中にデータチップが収《おさ》められていると見て間違いないだろう。

レイフォンは慎重《しんちょう》に五人を観察した。

「五人ともだ」

「全員か？」

「うん。しかも、けっこう手練《てだれ》だ」

レイフォンの目は五人の体の中で走る剄《けい》の輝《かがや》きを見逃《みのが》すことはなかった。荒々《あらあら》しい内力系活剄《けい》が体内で吠《ほ》え狂《くる》っているのがわかる。

ナルキも目を凝《こ》らしているようだが、わからないようだ。

「まずいな」

それでもレイフォンの言葉を疑《うたが》わない。

「施設を囲んでる機動隊員で、武芸者《ぶげい》は五人。数は同じだが……」

「うん、急いだ方がいい」

話している間に施設の周りでは機動隊員たちが警棒《けいぼう》を構《かま》えてキャラバンの五人を囲んだ。

「抵抗《ていこう》するな！」

隊長らしい生徒が叫《さけ》びつつ、武芸者の五人を前に出す。

対して、キャラバンの五人はどこか悠然《ゆうぜん》とした様子で機動隊員たちを眺《なが》めていた。

その手に錬金鋼《ダイト》が握《にぎ》られたのをレイフォンの目は逃さなかった。

「先に行くよ」

「頼《たの》む」

ナルキに言葉をかけ、レイフォンはその場から飛び降《お》りた。

レイフォンが地上に落ちるまでの数瞬《すうしゅん》で、キャラバンの五人が動いた。

錬金鋼に剄が走り、復元《ふくげん》する。剣に槍《やり》に曲刃《きょくじん》にと、五人全員が近接《きんせつ》戦の武器ばかりだ。

一般人《いっぱん》の機動隊員がざわめきの声を漏《も》らした。

その音の波に乗るようにして、キャラバンの五人が動く。

それは、武芸者にとってみれば特別に速いという動きではなかった。だが、キャラバンの五人の持つ武器は実際《じっさい》に肉を切り骨《ほね》を断《た》つことのできる刃《は》が付いている。

対して、こちら側は全員が打棒だ。錬金鋼ということにはかわりなく、使い方しだいでは威力《いりょく》は互角《ごかく》だが……

ツェルニの錬金鋼の武器は基本《きほん》的に殺傷《さっしょう》能力を抑《おさ》えるように安全装置《そうち》が取り付けられて

いる。刃のある武器ならば刃引きがされる。人死にの出ない戦い。それは学園都市の健全性《せい》を保《たも》つ上で欠かせないものだ。

だが、この場ではそれが決定的な差になる。

切れる刃と相対したことのない学生と、自分の命のかかった戦いを経験《けいけん》したことのあるキャラバンの武芸者とではやはり動きが違《ちが》う。

「うわっ！」

迫《せま》る白刃から身を守ることに意識《いしき》が向かい、動きが硬《かた》くなる。身を守るために打棒を引き寄せ、それを掻《か》い潜《くぐ》った白刃に襲《おそ》われて、一人の生徒の肩《かた》から血が噴《ふ》いた。

「ぎゃっ！」

悲鳴を上げて転がったのはその生徒だけではない。

他の四人も怪我《けが》の場所や程度《ていど》は違うものの、皆《みな》、どこかを切られるか突《つ》かれるか叩《たた》かれるかして路上に倒《たお》れた。

そこに、レイフォンが着地した。

そのまま、放浪《ほうろう》バスの停留所《ていりゅうじょ》まで走るつもりだった五人は、飛び入りのレイフォンに目を見張《みは》り、警戒《けいかい》した。

だが、走ることを止めない。

レイフォンは剣帯《けんたい》から錬金鋼を抜《ぬ》き取り、復元させる。

青石錬金鋼《サファイアダイト》の剣が剄を受けて、夜を蒼《あお》く切り払《はら》った。

復元させた剣で、すり抜けようとする五人に剣を振《ふ》るう。レイフォンにしては緩《ゆる》やかな動きで、すぐそばにいた二人は高く跳躍《ちょうやく》することでそれを交《か》わした。

だが、最初からレイフォンの狙《ねら》いは人にあったのではない。

ゴトリという音が、レイフォンの足元でした。

取っ手を切られたトランクケースがレイフォンのそばに転がる。

「あっ……！」

トランクケースを持っていた男が声を上げた。

レイフォンは素早《すばや》くトランクケースを後ろに蹴る。トランクケースは地面を滑《すべ》り、機動隊員の誰かの足元で止まった。

「貴様《きさま》っ！」

五人が全員、足を止める。レイフォンは五人を後ろにいかせないよう、剣を大きく構えた。

どうやら、あのトランクケースに目当てのデータチップが入っていると見て間違いなさそうだ。

「泥棒《どろぼう》は感心しない」

短く言うと、五人は無言でレイフォンに殺到《さっとう》してきた。

レイフォンは斜《なな》めに持ち上げた剣を、ゆっくりと正眼《せいがん》の位置に運ぶ。

内力系活剄《けいかつけい》によって高速で接近してくる五人は、それぞれ距離《きょり》を開けてレイフォンに迫る。

正眼に置いた剣を、レイフォンはめまぐるしく動かし、剄を放った。

形の定まっていない外力系衝剄《しょうけい》を、先頭にいた三人が跳躍してかわす。

残り二人はどこに？

視線《しせん》をめぐらせる暇《ひま》もなく、先頭の一人が着地ざまに振り下ろしの一撃《げき》を放ち、レイフォンは背後《はいご》に飛び下がる。

次の瞬間、その一人の背《せ》からまるで細胞分裂《さいぼうぶんれつ》でも起こしたかのように二人が現《あらわ》れ、レイフォンの両側面から襲《おそ》いかかってきた。

横薙《な》ぎに振られた鉈《なた》をしゃがんでやり過《す》ごし、突き出された槍《やり》を剣で流す。

隠《かく》れていた二人を合わせて三人がレイフォンを取り囲む。

残り二人は……

「おいっ！　どうした⁉」

声を上げたのはリーダー格《かく》らしき、トランクケースを持っていた正面の男だ。

動く様子のない二人に焦《じ》れて背後を見たその男は、表情《ひょうじょう》を引きつらせた。

いつの間にか、その二人が路上に倒《たお》れている。

「そんな……」

「全員が僕《ぼく》に来るはずがないのは、わかりきっていたからね」

「まさか、貴様……」

「誰がどの役につくかなんて、見ればわかる。フェイントをしても無駄《むだ》だよ」

最初の衝剄は、かわされたのではなくかわさせたのだ。

かわす動作のその内に、衝剄の第二派を放っていた。

外力系衝剄が変化、針剄《しんけい》。

固体に凝縮《ぎょうしゅく》された二つの衝剄が二人の胸《むね》を撃《う》ち、昏倒《こんとう》させたのだ。

「それに……」

レイフォンが背後に目をやった。

「っ！」

キャラバンの三人もそちらに目をやり、目を見張った。

すでにそこにはトランクケースはなかった。

機動隊員が後方に持っていったのか……いや。

レイフォンの視線はそこからさらに上へと移動《いどう》する。

宿泊施設《しゅくはくしせつ》の屋根。

そこにナルキの姿《すがた》があった。

右手には取り縄《なわ》の端《はし》が握《にぎ》られ、左手には取り縄の絡《から》みついたトランクケースが抱《かか》えられていた。

ナルキの捕縛術《ほばくじゅつ》だ。

「返さないよ」

「くそがぁぁぁぁぁぁっ!!」

怒声《どせい》を撒《ま》き散らして、男たちがレイフォンに殺到する。

レイフォンはやはり焦《あせ》ることもなく剣身に剄を走らせる。

剄の流れによって肉体の一部のようになった剣身で空気の流れを感じる。迫《せま》り来る三人の殺気と剣気《けんき》でかき乱《みだ》された空気を、まるで落ち着かせるように剣先で撫《な》で回していたレイフォンは、不意に空気を裂《さ》く一閃《いっせん》を放った。

外力系衝剄が変化、渦剄《かけい》。

一閃とともに、レイフォンの正面で大気が新たな動きを見せた。流れが一瞬《いっしゅん》止まり、次の瞬間には激《はげ》しく渦《うず》を巻《ま》き始めた。

渦巻く大気に足をとられて、三人の体が宙《ちゅう》に浮《う》く。

渦の内部に取り込《こ》まれた三人は、内部で荒《あ》れ狂《くる》う衝剄に全身を撃たれ続ける。渦にもみくちゃにされながら、小型の爆発《ばくはつ》物をいくつも叩きつけられているような状況《じょうきょう》の中で、三人の体は宙であちこちにと跳《は》ね回った。

誰《だれ》もが息を呑《の》んでその光景を見守る中で、レイフォンが剣を上段に持ち上げ、そして振り下ろす。

空気がぴたりと止んだ。

全《すべ》ての騒音《そうおん》を吸《す》い込んだかのような素振《そぶ》りの後に、気を失った三人が路上に落ちる音が寂《さび》しく響《ひび》いた。


「よくやってくれたっ！」

啞然《あぜん》とした沈黙《ちんもく》をフォーメッドが打ち破《やぶ》った。

すでにトランクケースをナルキから受け取り、中身を確認《かくにん》している。呆然《ぼうぜん》としていた機動隊員もフォーメッドの声で我《われ》に返り、キャラバンの男たちを捕縛に向かった。

「持ち物はすべて没収《ぼっしゅう》だ。服もな。水と食料以外はすべてだっ！　徹底《てってい》しろ。囚人《しゅうじん》服を着せて罪科印《ざいか》を付けたら、すぐに放浪《ほうろう》バスに押《お》し込んでしまえ」

フォーメッドの指示《しじ》で、機動隊員は捕縛縄の上からナイフで服を引き裂《さ》く。衣服そのものに用があるのではなく、その服にデータチップが縫《ぬ》いこまれている可能性《かのうせい》を考慮《こうりょ》してのことなので遠慮がない。

夜空の下で真っ裸《ぱだか》に剝《む》かれた男たちからナルキが目をそらせた。

レイフォンは男たちに注意を払《はら》いながらトランクケースの中身を確認する。

「ありましたか？」

中身は保護《ほご》ケースに入れられたデータチップがぎっしりと詰《つ》まっている。

「さてな。全部確認してみないとわからないが、まぁ、間違《まちが》いないだろう」

それから、フォーメッドがにやりと笑う。

「これだけのデータチップ、はたしてどれだけの値《ね》が付くかな？」

その言葉にレイフォンは目を見張った。

「なんだその目は？　これらをあいつらが商売で手に入れたのか、それとも盗《ぬす》んで集めたのかは知らないが、どちらにしても元の持ち主への返却《へんきゃく》なんて不可能だからな。ならばせいぜい、ツェルニの利益《りえき》に貢献《こうけん》してもらうのが正しい形というものだろう？」

確《たし》かにそのとおりなのだが、そういうことを臆面《おくめん》もなく言ってのける辺りにレイフォンは呆《あき》れてしまった。

「富《とみ》なんていくらあっても足りないぞ。このツェルニにいる学生たちを食わせていくことを考えたらな」

「はぁ……」

「ま、アルセイフ君も今日はお手柄《てがら》だからな。報酬《ほうしゅう》に多少は色を付けさせてもらうぞ」

そう言うと、フォーメッドは切れ端《はし》となった男たちの服を調べる機動隊員の中に混《ま》じっていった。

フォーメッドの勢《いきお》いに押されて呆然《ぼうぜん》としていると、ナルキがレイフォンの肩《かた》を叩《たた》いた。

「すまんな、ああいう人なんだ」

「いや……うん。悪い人ではないと思うよ」

切れ端となった服を自分の手で調べているフォーメッドを見て、ナルキが顔をしかめる。

「そうなんだがな……あの、金へのこだわり方というか、それを隠《かく》さない態度《たいど》というのは、良いことなのか悪いことなのか、いまいち決めにくい」

「どうなんだろうね」

なんとなく、フォーメッドの気持ちがわかってしまうレイフォンは苦笑《くしょう》してしまう。

それはおそらく潔《いさぎよ》さなのだろう。開き直りとも取れてしまう、危《あや》うい境界線《きょうかいせん》上にあるのだが、フォーメッドは自分がしていることを卑《いや》しいことだと思っていない……いや、卑しくとられてしまおうともまるで気にしていないのだろう。

それが事実なのだと、言い切るだけの確信があるのだろう。

孤児院《こじいん》を維持《いじ》するためにと金儲《もう》けに走った昔の自分に似《に》ている。

ただ、自分はぎりぎりまで隠していたが。

隠していたということは、自分の中に負い目があったということなのだ。

(ああいう風になれていれば、僕も少しは違ったのかな?)

そう思ってしまうが、まぁ、おそらくはだめだろう。仮定《かてい》の話なんていくらしたって仕方がないし、そういう人間になれなかったからこそ今の自分があるのだから。

(今の自分が嫌《きら》いなわけじゃないし)

自分……というよりも境遇《きょうぐう》か。

仲良く話せる友人がいる。昔ほどに切迫《せっぱく》した感情《かんじょう》があるわけでもない。

これほど良い環境《かんきょう》というものは望めないのではないかと思う。

(いや……切迫はしているのか)

そして小さな悩《なや》み。

(うーん……)

先輩《せんぱい》はこの夜をどう過《す》ごしているんだろう？

一体、なにを抱《かか》え込んでいるのだろう。

空を見上げても答えなどあるはずもなく、ただ星の散りばめられた闇《やみ》が広がるだけだった。

03　泣くことを知らない

　その夜は一人でモップ掛《が》けを行った。

　機関室内はさまざまな作動音があちこちにひしめいている。仕事を始めた頃《ころ》は授業中《じゅぎょう》にもこの音が聞こえているような感じがしてずいぶんと落ち着かなかったものだが、いまではまるで気にならない。

　油に汚《よご》れた手袋《てぶくろ》を眺《なが》める。その先にあるモップを見る。洗剤《せんざい》が浮《う》かした汚れで黒くなった泡《あわ》を見る。その下の、どれだけ磨《みが》いても磨ききることのない床《ゆか》を見る。

　でも本当は、ニーナは何も見ていなかった。

　班長《はんちょう》の話では、レイフォンは都市警《けい》の用で休みという。

　都市警の用ということは臨時《りんじ》出動員になったということだろうか？　こんな、機関掃除《そうじ》という重労働を抱《かか》えているのに、さらにそんな時間が不定期になる仕事を抱《かか》えたというのだろうか？　体の方は大丈夫《だいじょうぶ》なのだろうか？

（あいつが体を壊《こわ》してしまったら……）

　十七小隊はどうなる？

ただでさえ、いつ空中分解《ぶんかい》してもおかしくないような隊だ。これで、主戦力であるレイフォンが倒《たお》れてしまったら……

（いや……それはおかしいな）

当初、レイフォンの能力《のうりょく》に期待はしていたものの、ここまで過大《かだい》ではなかったはずだ。

下級生の中では使える、というぐらいのものだったはずだ。

それなのに、ニーナの心はレイフォンの戦力に期待している。

期待するのは間違《まちが》いだとは思わない。

レイフォンは強い。当初、自分が思っていたよりも遥《はる》かに、絶大《ぜつだい》に、とてつもなく強い。それは事実だ。その事実を無視《むし》するのは現実《げんじつ》的ではない。あるものは使う。その姿勢《しせい》に間違いがあるとは思わない。

（最初は、わたしがなんとかするつもりだったはずだ）

シャーニッドにしろフェリにしろ、能力はあるのだが士気が低い。彼らに過剰《かじょう》な期待をすることはそれこそ無駄《むだ》な努力なのではないかと思っていた。

自分が望んでいた小隊の形とは違った。

だが、これ以上を望めなかったのがあの当時の自分で、それは今にしたところで変わっているわけではない。

シャーニッド以上の狙撃《そげき》能力を持った者はいないだろう。フェリの念威《ねんい》操作《そうさ》能力は、その真価《しんか》を見たことはないが、会長が身内びいきの評価《ひょうか》をするとは思えないので潜在《せんざい》能力は高いはずだ。

バックアップしてくれるハーレイの錬金鋼《ダイト》の知識《ちしき》と技術《ぎじゅつ》は頼《たよ》りになる。

それらの能力の高さがまるで嚙《か》み合っていないのが問題で、ニーナはそれを、自分の努力で何とかしようと思っていた。

ニーナ自身が強くなればいいのだと思っていた。

だが……

そこに、レイフォンが現《あらわ》れた。

武芸《ぶげい》が盛《さか》んで、どの都市よりも汚染獣《おせんじゅう》との戦いを経験《けいけん》している槍殻《そうかく》都市グレンダンの、十二人しか選ばれない天剣授受者《てんけんじゅじゅ》の一人だったことのある少年。

(あの強さは……)

ツェルニが汚染獣に襲《おそ》われたあの日……

(とても怖《こわ》かった……)

ニーナは膨大《ぼうだい》な数の汚染獣の幼生《ようせい》に呑み込まれると思った。

世界の非情《ひじょう》なる弱肉強食の原理に逆《さか》らうことはできないのだと思った。

生まれた都市以外の世界を見たくてツェルニに来て、しかしそのツェルニは窮状《きゅうじょう》に追い込まれていて、そこで自分ができることを求めて小隊を作った。

そんなニーナの想《おも》いは、汚染獣という巨大《きょだい》な波に飲まれてしまう脆弱《ぜいじゃく》な砂山《すなやま》のようなものだったのだと思った。

それを、レイフォンが覆《くつがえ》した。

ただ一人で、幼生たちを薙《な》ぎ払《はら》い。そして母体を潰《つぶ》してしまった。

都市を汚染物質《ぶっしつ》から守るエアフィルターの向こうから戻《もど》ってきたレイフォンを見たときは、本当に怖かった。

人間か？　と思った。

力尽《つ》きて倒れたときには、本当に、安心したのだ。

ああ、ちゃんと人間なのだ、と……

汚染獣に破壊《はかい》された都市の修繕《しゅうぜん》と、レイフォンの入院というドタバタとした日々はニーナにあの時思ったことを少しだけ忘《わす》れさせてくれた。

そして、レイフォンが強いという事実だけが心に残っていた。

その強さがあれば十七小隊は、ニーナが望んだ形になるのだと思った。

武芸大会でツェルニを勝利に導《みちび》く、強いチームになるのだと。

（それでも……負けた）

対抗《たいこう》試合で十四小隊の隊長は、レイフォンが強いだけではだめだと言った。

（じゃあ……どうすればいいんだ？）

ニーナは迷《まよ》う。十四小隊の勝因《しょういん》はチームワークだ。それを手に入れるのか？　だが、息《いき》の合った連携《れんけい》は十七小隊には望めないものだ。それはもう、いままでの訓練で身に染《し》みている。

（どうすれば……）

絶望感《ぜつぼう》がどんな時にやってくるのか……ニーナはそれを汚染獣が襲来《しゅうらい》した時に知った。

自分の力ではどうしようもない時にこそ、それはやってくる。

チームワークは、自分の力だけではどうにもできない。

　ツッ……

「ん……？」

髪《かみ》の引かれる感触《かんしょく》にニーナは我《われ》に返った。

いつのまにかモップを動かす手を止めていた。

首の後ろと両肩《りょうかた》にほんのわずかな重み。

髪を引っ張《ぱ》る何かに手を伸《の》ばすと、その指を柔《やわ》らかい何かが摑《つか》んだ。

「なんだ、お前か……」

「〜〜〜〜♪」

背中《せなか》に腕《うで》を回し、肩に乗っかっているものを摑んで前にやる。

「まったく……また抜《ぬ》け出してきたのか？」

しようのない奴《やつ》とニーナが笑いかけると、それもまた無邪気《むじゃき》な笑《え》みを返した。

ツェルニだ。

この都市の中心にして、意識《いしき》。

電子精霊《せいれい》。

磁装《じそう》結束によって幼児《ようじ》の形となったこれによって、ニーナたちは汚染された世界から守られている。

ツェルニの手がニーナの頰《ほお》を触《さわ》る。

柔らかい感触が頰を叩《たた》く。無邪気に笑うその顔を見ていると、ニーナの表情も自然にほころんでいく。

「お前は……どうしてそんなにわたしに懐《なつ》く？」

聞いたところで答えるわけもないとわかっているのだが、ニーナはついついそんな言葉を漏《も》らしてしまう。

思ったとおり、ツェルニはニーナの言っていることがわかっているのかいないのか、ニコニコとしているだけだ。

「そうだな。そんなことは特に考えるまでもないのだろうな」

この子はこの都市に住まう全《すべ》ての人々が愛《いと》しくて愛しくてたまらないのだ。その中で、ニーナが特別というわけではないのだろう。ただ偶然《ぐうぜん》に、ニーナが簡単《かんたん》にツェルニを受け入れてしまったから、ツェルニはニーナに会いに来てくれるのだ。

ツェルニがニーナの頬を触るように、
ツェルニもまた、誰《だれ》かに触《ふ》れて欲《ほ》しいのだ。

生活の一部となってしまっている都市ではなく、その意識そのものを。

「お前に出会えたことは、わたしの人生で一番の幸運だ」

そして……

「お前に出会えたからこそ、わたしはお前を守りたくなった」

機関掃除《そうじ》のバイトを始めてすぐの頃《ころ》に、ニーナはツェルニに出会った。

ツェルニに出会った驚《おどろ》きはレイフォンの時と同じだった。意識の存在《そんざい》は知っていても、まさか人型をしてるとは思わなかった。

「お前がその姿《すがた》でいてくれたからこそ、わたしはこの都市を愛することができた。冷たい奴だと笑わないでくれよ。心の狭《せま》い奴だとは思ってくれてもいいが……こうして触れて、表情《ひょうじょう》を読み合って、一緒《いっしょ》に笑えるというのは、わたしにとってはとても驚きで新鮮《しんせん》で、そしてとてもとても嬉《うれ》しいことだった」

だからこそ守りたいと思った。

自分の手で。

「そうだ……そうだな」

抱《だ》き寄《よ》せ、頬を擂《す》り寄せる。ツェルニがくすぐったそうに身もだえし、それからニーナの髪に鼻を押し付けてきた。

ツェルニの小さな鼻が耳たぶに触れる。息が触れないのが普通《ふつう》の人間と電子精霊の違《ちが》いだ。

「わたしは、自分の手でお前を守りたいんだ」

そのために、わたしは強くなる。

人間がどこまで強くなれるのか……限界《げんかい》のわからない強さの階梯《かいてい》の中で、遥《はる》か上にいる人間をニーナは知っている。

少なくとも、人間はあそこまではいけるのだ。

「わたしは強くなるぞ。ツェルニ」

電子精霊の耳にそっと囁《ささや》く。

ニーナの髪を揺《ゆ》らして、ツェルニが首を傾《かし》げた。

†

「……あっ」

その声で、フェリは足を止めた。

放課後の練武館《れんぶかん》の前だ。

入り口にある段差《だんさ》に腰《こし》かけていた少女が立ち上がるのが見えた。

メイシェン・トリンデン。レイフォンのクラスメートだ。

「……あ、あの」

立ち止まったフェリに、メイシェンがおそるおそるといった様子で近づいてくる。今にも泣き出してしまいそうな顔のメイシェンに、そんなに怖《こわ》い顔をしているのかと聞いてみたくなったが、やめた。

（この間は逃《に》げられたし）

レイフォンに用があったようなので一緒に来るかと誘《さそ》ってみたのだが、メイシェンはしどろもどろに断《ことわ》って走っていってしまった。

（そりゃあ……愛想《あいそ》がないのは自覚してますけど）

それでも、やっぱりショックだ。

「……あ、あの、あの……」

「なにか？」

フェリの前に立ってやはりしどろもどろになにかを言おうとするメイシェンに、フェリはことさら冷たい声を返してしまった。

「……あう」

それだけで、メイシェンは言葉を失って俯《うつむ》いてしまう。

用件《ようけん》はわかっている。

あの手紙だ。

先日、メイシェンが走り去っていった時に落としたあの手紙の件以外で、彼女が——しかも一人で——フェリに会いに来るなんて考えられない。

宛名《あてな》がレイフォンになっていた。

一瞬《いっしゅん》、ラブレターの類《たぐい》かとも思ったのだが、その封筒《ふうとう》は色んな都市の印が押されてあり、さらに長い旅をしてきたことを示《しめ》して封筒がくたびれていたので、そうではないことはすぐにわかった。

なら、なぜレイフォン宛の手紙をメイシェンが持っていたのか……今度はそれが気になる。

そして、誰がレイフォンに手紙を送ったのか……？

裏返《うらがえ》して差出人の住所と名前を見て、フェリは思わず封を開けてしまった。

リーリン・マーフェス。

女の名前だ。

そのまま、レイフォンには渡してない。

開けた形跡《けいせき》のある手紙をレイフォンに渡すのは気が引けた。

(これでは、覗《のぞ》き見したみたいではないですか)

実際《じっさい》に開けて読んでいるということは棚《たな》に上げて、フェリはそう思う。

手紙はフェリがいまだに持っている。下手に部屋になんか置いたままにして、あの陰険《いんけん》な兄が見つけてしまってはいけないから鞄《かばん》の中に入れたままだ。

「あ、あの……あの……」

「……あの手紙なら、もう渡しましたよ」

なにを言ったのか……言葉が出てからフェリは自分を疑《うたが》った。言いよどむメイシェンに苛立《いらだ》って、思わず口に出ただけの言葉なのにどうしてそんな嘘《うそ》になってしまうのか……

（いまなら、嘘だと言えば……）

意地の悪い冗談《じょうだん》で済《す》む。

……そう思っても時はすでに遅《おそ》く、

俯いていたメイシェンが顔を上げる。顔色がぱっと明るいものに変わった。

「あ、あの……ありがとうございます！」

……もう、嘘なんて言えない。

「……いえ。では、わたしはこれで」

もう逃げるしかない。

振《ふ》り返らず急いで入り口を抜《ぬ》ける。

これでフェリは、メイシェンがレイフォンに手紙のことに触《ふ》れる前になんとしても手紙をレイフォンの手に渡らせておかなくてはいけなくなった。

（どうやって、渡しましょう？）

問題なのはそこだ。

開けてしまった以上、手渡しなんかしたら自分が他人の手紙を読んでしまったことがばれてしまう。

（まったく……どうして）

これが他の人の手紙だったのなら、何の興味《きょうみ》もなくすぐに渡せてしまえたのだろう。

（どうして、こんなものがわたしのところに来るの）

理不尽《りふじん》な偶然《ぐうぜん》を恨《うら》んでしまう。それでも、フェリの手に渡ることになった原因《げんいん》であるメイシェンを恨むということはない。ただの推測《すいそく》にしか過《す》ぎないが、彼女だって偶然にこの手紙を手に入れてしまったのだろう。郵便《ゆうびん》局員の誤配《ごはい》に違《ちが》いない。

（おのれ……）

「フェリ」

誰かもわからない郵便局員に呪《のろ》いの言葉を吐《は》きながら歩いていると、後ろから声をかけられた。

ニーナだ。

「ちょうどいいところにいた。野戦グラウンドを借りられたから、今日の訓練はそっちでする」

「はぁ」

「あいつらにも伝えておいてくれ。わたしは自動機械の手続きをしておく」

「わかりました」

あいさつもそこそこに用件だけを済ませると、ニーナはすぐに練武館《れんぶかん》の外へと逆戻《ぎやくもど》りしていった。

(野戦グラウンドですか……)

伝えることを面倒《めんどう》だと感じたのは一瞬……

(ロッカールーム……あそこがいいですね)

あそこに置いておけば誰かの目につく。要はそこに置いた人間がフェリだとわからなければいいのだ。

(うん)

そう決めると、フェリは訓練所に急いだ。

やることが決まっても、フェリはまったく心が軽くならない。

(なんだか、イライラとしますね)

嘘をついてしまって、こんな手間を背負《せお》わないといけなくなった自分にもそうだ。

だが、それだけでなく。フェリは鞄の中の手紙を早く処理《しより》したくて仕方がないのだ。

(どうして、わたしのところにこんなものが来るのです？)

色々と考えてしまってイライラするのだ。手紙の主のことや、それを拾ったメイシェンがなにを考えたのか、読んだのか読んでないのか、これを手にしたらレイフォンはどんな顔をするのかや……

読んでしまった時の自分がどんな顔をしていたのか……とか。

(はやく、なくしてしまいましょう)

このイライラを早く消してしまいたい。

フェリは訓練場のドアに手を伸《の》ばした。

†

それは、思わず笑いを誘《さそ》うほどに大きかった。

「で、これはなんなんだ？」

練武館にやってきたシャーニッドはそれを見、苦笑《くしよう》を浮《う》かべてからハーレイに訊《たず》ねた。

いまのところ、ここにはレイフォンとハーレイ、そしてシャーニッドしかいない。

シャーニッドが珍《めずら》しく真面目《まじめ》になって時間通りに訓練に来たのではなく、今日もまたニーナが遅《おく》れているのだ。

フェリが遅いのはさらにいつものことだ。

「うん、この間の調査《ちょうさ》の続き」

手押し車で運ばれてきたそれは、剣《けん》だった。

とても、大きな。

専用《せんよう》の台を手押し車に設《しつら》えて運ばれてきたそれは、隣《となり》にいるレイフォンの胸《むね》辺りに柄《つか》があった。

縦《たて》にすれば、レイフォンの身長と同じぐらいあるだろう。

剣といっても木剣だ。ただ、剣身の部分にいくつも鉛《なまり》の錘《おもり》が巻《ま》きつけられている。

「レイフォン、これ使える？」

「はぁ……」

さすがにその馬鹿《ばか》げた大きさに呆《あき》れていたレイフォンだが、ハーレイに促《うなが》されて柄を握《にぎ》る。

片手《かたて》だけで剣を持ち上げる。

手首にずっしりと重量がかかる。

「どう？」

「ちょっと重いですけど、まぁなんとか……」

言って、二人を壁《かべ》の端《はし》まで退避《たいひ》させてから、剣を振《ふ》った。

正眼《せいがん》に構《かま》えての上段《じょうだん》からの振り下ろし。元々の重量に遠心力が合わさって、振り下ろした後で体が崩《くず》れる。

「ふむ……」

一度、深呼吸《しんこきゅう》をして内力系活剄《けいかつけい》を走らせる。

肉体強化。全身の筋肉《きんにく》の密度《みつど》が増《ま》したような、それでいて空気にでもなったように体が軽い。

その状態《じょうたい》で再度《さいど》、剣を振る。

空気が唸《うな》る。普段《ふだん》のように大気を裂《さ》くことができない。

引きちぎっている。

「わぷっ！」

巻き起こった突風《とっぷう》を受けて、ハーレイが声を上げていたが、それを最後に外界の状況《じょうきょう》を意識《いしき》から追いやる。

さらに下段からの切り上げ、左右からの薙《な》ぎ、突《つ》きと、様々な型を試《ため》す。

鼓膜《こまく》を支配《しはい》する風の吠《ほ》え声を聞きながら、レイフォンはどうもしっくりいかない気分を味わっていた。

遠心力に振り回されそうになる感じはやはり消せない。

武器《ぶき》の使い方が違《ちが》うのだとすぐにわかったのだが、この狭《せま》い場所ではそれも試せない。

「ふう……」

動きを止め、体内に残っている活剄の残滓《ざんし》と熱を息とともに吐《は》き出す。

「……満足しましたか？」

冷えた声に、レイフォンは吐き出した息を呑《の》み込《こ》みそうになりながら振り返った。

ドアの前にフェリが立っていた。

秀麗《しゅうれい》な眉《まゆ》を歪《ゆが》め、冷ややかな視線《しせん》がレイフォンを突き刺《さ》していた。

「……お疲《つか》れ様です」

「そうですね。お疲れ様ですね」

触《ふ》れれば溶《と》けてしまいそうな銀髪《ぎんぱつ》が、まるで台風にでも出会ったかのようにもみくちゃになり、絡《から》まっていた。

「この髪《かみ》、ですけど……」

「あ、はい」

視界の端《はし》でシャーニッドとハーレイが関係ないことを主張《しゅちょう》するようにドアから一番離《はな》れた場所に逃《に》げ出している。

シャーニッドなんて、わざとらしくも口笛なんて吹《ふ》いているし。

いや、シャーニッドはともかくとして、ハーレイまで逃げ出しているのはどういうことなのかと……

「……聞いてますか？」

「もちろん」

「そうですか……この髪なんですが、けっこう、毎日のブラッシングが大変だったりするんですよね。ええ、それはもう……とてもとても」

「そ、そうなんですか……大変なんですね」

「ええ……大変なんです」

「は、ははは……」

乾《かわ》いた笑いしか出なかった。それ以外、なにか出すものありますか？　ありません。そんな断言《だんげん》ができそうなぐらいになにもなかった。

いや、ある。

「……ごめんなさい」

「許《ゆる》しません」

ためもなく、一刀両断する勢《いきお》いで返されてしまった。

「ま、まぁまぁ。それぐらいでいいんじゃないかな？　ほら、レイフォンも反省してるんだし」

「……どう見ても、あなたが持ち込んだものなんですけど？」

「……ごめんなさい」

一瞬《いっしゅん》で撃沈《げきちん》。ハーレイも頭を下げた。

はぁ……と、フェリがため息を漏《も》らす。

「もういいです。それよりも、そこで隊長と会いましたが、野戦グラウンドの使用許可《きょか》が下りたそうなので、今日はそちらに移動《いどう》だそうです」

「おや、急なことで」

「わたしだって知りませんよ」

機嫌《きげん》を直した様子のないフェリは、そのままドアの向こうに消えていってしまった。

レイフォンとハーレイは緊張《きんちょう》から開放されてそろってため息を吐く。

(そうか、野戦グラウンドか)

「先輩《せんぱい》……」

「ん？」

レイフォンはハーレイに耳打ちする。

「ああ、やっぱりそうするしかないかな？　まぁ、後で聞いてみるよ」

「お願いします」

「なんの話してんだ？」

「あれのことでちょっと」

「はぁん……」

シャーニッドは興味《きょうみ》をなくした様子で、手押《お》し車の上に戻《もど》された剣《けん》を見た。

「しっかしまぁ……なんだってこんな馬鹿《ばか》でかい剣を作ったんだ？」

「うーん……基礎密度《きそみつど》の問題で、どうしてもこのサイズになっちゃう計算なんですよね。一度完成しちゃえば、軽量化もできるんでしょうけど」

「はん、新型の錬金鋼《ダイト》でも作ってんのか？　たしか、ハーレイの専門《せんもん》て開発じゃなかったろ？」

「そうですよ。だからこれは、うちの同室の奴《やつ》が考えたんです。まっ、データを集めて調整するのは僕《ぼく》の方が上だし、開発自体が、そいつだけじゃなくてうちの三人での共同が条《じょう》件《けん》で予算がおりちゃったから」

「ふうん、めんどくさそ」

「あ、ひどいなぁ」

「お前さんを馬鹿にしてるんじゃなくて、俺《おれ》には無理って話だよ」

ぱたぱたと手を振って訓練場を出て行くシャーニッドを追いかける形で、レイフォンたちも野戦グラウンドに向かった。

野外訓練はいつもどおりに終了《しゅうりょう》した。レイフォンが入隊してすぐの時に比《くら》べれば全体の動きがよくなっているようにレイフォンは思えた。後方から火力支援《しえん》を行うシャーニッドの視線《しせん》を感じることができるようになってきたし、フェリもまた幼生《ようせい》が襲《おそ》ってきた時ほどにやる気があるようには見えなかったが、それでも情報《じょうほう》の伝達が遅《おく》れるということはなかった。

自動機械との模擬《もぎ》試合を三度行い、三戦全勝。終了までの時間も申し分がなかった。

それでも、ニーナの心ここにあらずという表情が消えることはなかった。

「では、これで終了だ」

「ん、お疲《つか》れ〜」

「お疲れ様です」

ロッカールームに戻っての反省会もそこそこにニーナが終了を告げる。すぐにシャワールームに移動していくシャーニッドと、汗《あせ》をかいたようすもなく荷物を持って立ち上がってロッカールームを出て行くフェリの姿《すがた》はいつもどおり。

レイフォンもいつもどおりに立ち上がって、練武館《れんぶかん》に戻ろうとした。

訓練の後は、いつもニーナと二人で訓練をしていたからだ。

それは、隊の中でもっとも緊密《きんみつ》な連携《れんけい》を必要とする前衛《ぜんえい》二人の息が合ってないと話にもならないと始めたものであったのだけれど……

「レイフォン」

そのレイフォンに、ニーナが声をかける。

「はい？」

「今日は、このままあがっていいぞ」

「え？」

「しばらく、二人での訓練は中止だ」

「どうしてです？」

「必要ないだろう」

あっさりとそう言ったニーナに、レイフォンは絶句《ぜっく》した。

「そんなことはないです」と言うのは簡単《かんたん》だった。実際《じっさい》、さっきの模擬試合でも息が合っていることは合っているが、それはお互《たが》いの咄嗟《とっさ》の行動が食い違《ちが》わないだけのことで、コンビネーションと呼《よ》べるほどのものではない。

ニーナがレイフォンに求めているのはそういうことだと思っていた。だから、今のままで良いなんて絶対に言えないことだ。

しかし、ニーナは「必要ない」という。

それはどういうことなのか？

「とにかく、訓練は中止だ。あがっていいぞ」

そう言って背《せ》を見せたニーナに、レイフォンは拒絶《きょぜつ》を感じた。

「ニーナ……」

そんな彼女にハーレイが声をかける。

レイフォンが足を踏《ふ》み入れるのをためらった拒絶の領域《りょういき》に、ハーレイはやすやすと入り込んでいく。幼馴染《おさななじみ》の気安さといえばそうなのだが、レイフォンにはできないことだ。

前の時のように、ガラス張《ば》りの隔絶《かくぜつ》感があるのとは違う。

拒絶されたことへの驚《おどろ》きもある。

ただ、同時に……

「じゃあ、失礼します」

すんなりとその言葉が出た自分に驚きながら、レイフォンはロッカールームを出た。

扉《とびら》の閉《と》じられた音は、まるで関係性《せい》そのものを閉じられたかのようで、乾《かわ》いた音が胸《むね》を突《つ》いた。

†

その痛《いた》みを、ニーナは首を振《ふ》って追い払《はら》う。

「なにをしているんだろうな、わたしは？」

わかってはいる。

わかってはいても、こんな言葉を吐《は》かなければいけない自分というのはどうなんだろうか？

「迷《まよ》うな」

出口の見つかりそうのない思考の迷路《めいろ》に入り込みそうになって、ニーナは思考を止めた。

未来は推測《すいそく》することはできても予見するなんてできない。絶対確実《かくじつ》にわかっていることは、どんな人間もいつか死ぬという事実だけだ。それだって正確な時間を最初からわかっているなんてことはできない。あらゆる状況《じょうきょう》からより確実に近い推測を立てるしかできない。

（そしてわたしの未来は、いまだに推測すらも怪《あや》しい段階《だんかい》だ）

なら、いまは自分が正しいと信じることをやるだけだ。

「さて、練武館に戻《もど》るか……」

あれだけ言ったのだから、レイフォンも練武館にはいないだろう。

……もしいたりしたら、場所を変えるしかない。

「……ん？」

立ち上がったニーナは、腰掛《こしか》けの足元になにかが落ちているのに気付いた。


（成功です）

レイフォンの鞄《かばん》の下にこっそりと手紙を潜《もぐ》り込ませることができた。これならレイフォンも、もしかしたら鞄に迷い込んでいたものに気付かなかっただけかもしれないと思うかもしれない。

拙《つたな》いながらも封筒《ふうとう》にもう一度封をすることができたのだから、もしかしたら開けられたなんて気付かないかもしれない。なにしろレイフォンときたら、とびっきりの鈍感《どんかん》なのだから。

内心でほくそ笑《え》みながらも表情《ひょうじょう》はあくまでもいつも通りに、フェリは作戦が成功したことに、小さな動作で拳《こぶし》を作って自分を褒《ほ》めると、いつもよりは多少は軽く見える足取りで野戦グラウンドを後にした。

†

夜が訪《おとず》れ、そして深まる。

レイフォンは再《ふたた》び野戦グラウンドに足を踏み入れていた。

夜だというのに照明を点《つ》けられていないグラウンドは暗闇《くらやみ》の中に沈《しず》み込《こ》み、植えられた木々に潜《ひそ》む虫たちの鳴き声が夜気を微細《びさい》に震《ふる》わせていた。

グラウンドの隆起《りゅうき》した地面がじんわりと暗闇の中に浮《う》かんでいる。

レイフォンの手には、ハーレイの持ってきた剣《けん》が握《にぎ》られている。木製《もくせい》の、錘《おもり》を巻《ま》きつけられた不恰好《ぶかっこう》な剣を握り締《し》め、夜の幕《まく》に覆《おお》われて滲《にじ》むようにしか見えない風景に眼《め》を慣《な》れさせていく。

「ふっ」

呼気《こき》を一つ。

内力系活剄《けいかつけい》を全身に走らせ、レイフォンは動いた。

まずは練武館《れんぶかん》でもしてみせた基本《きほん》の型。風のなかった野戦グラウンドに強風が吹き荒れる。剣の重さがレイフォンの重心を揺《ゆ》さぶる。それに合わせて重心の位置を修正《しゅうせい》していく。

剣の重さが起こす体の揺れを力任《まか》せに御《ぎょ》するのではなく、その重さによる体の流れを制《せい》御《ぎょ》する。

利用する。

やがて、レイフォンはその場にとどまるのではなく、グラウンドをあちこちに移動しながら剣を振り続けた。

重さに引かれた方向に従《したが》ってグラウンドを無秩序《むちつじょ》に移動していく。

やがて、その動きをコントロールする。

無秩序に、あちこちに移動していたレイフォンがグラウンドをまっすぐに進んでいく。

その頃《ころ》には、レイフォンの動きは最初の頃とはまったく違《ちが》っていた。

剣を使う基本的な動作とは違う。

剣を振ると同時に地面から足が離《はな》れ、体が浮く。宙《ちゅう》で体を回転させ、そこに剣の重さを利用して次の一撃《いちげき》を放つ。その一撃で起こる力の流れを即座《そくざ》に次の一撃のための流れに変化させる。

それを繰《く》り返すうちに、レイフォンの足はほとんど地面に着いていることはなかった。

「…………」

地面に剣を叩《たた》きつけた後、レイフォンは動きを止めた。砕《くだ》かれた地面が土砂《どしゃ》を降《ふ》らせる中、レイフォンは足に活剄を収束《しゅうそく》させる。

内力系活剄が変化、旋剄《せんけい》。

脚力《きゃくりょく》を強化させ、真上に跳躍《ちょうやく》。

宙に舞《ま》い上がったレイフォンは、さらに剣を振《ふ》る。

剣が起こす力の流れが、レイフォンの体を振り子のようにあちこちに移動させながら落下させる。

着地、そして再《ふたた》びの跳躍。

何度も何度もそれを繰り返していく内に、滑空《かっくう》時間が少しずつ延《の》びていく。剣の重量による力の流れを制御して空中で移動するのは地面にいるよりも遥《はる》かに難《むずか》しい。レイフォンは何度も繰り返すことでコツを体に刻《きざ》んでいく。

十数回目の着地で、レイフォンは跳《と》ぶのをやめた。

長く長く息を吐いて剄を散らす。

終わりを察したのか、野戦グラウンドに照明が点《とも》った。

「なんかもう……なんてコメントすればいいのかわからないね」

やってきたハーレイがそう呟《つぶや》いた。

その隣《となり》にはフェリとカリアンもいる。

ていく。

聞かれ、レイフォンは素直《すなお》な感想を口にする。それにハーレイが頷《うなず》きながらメモを取っ

「どうだい、感触《かんしょく》は？」

「開発の方はうまくいっているのかな？」

ハーレイとの会話が一段落《ひとだんらく》すると、カリアンが口を開いた。

「そっちはまったく問題ないですよ。元々、基本の理論《りろん》はあいつが入学した時からできてたんだし。後は実際《じっさい》に作った上での不具合の有無《うむ》。まぁ、微調整《びちょうせい》だけです。

こんなものを使える人間がそうそういるなんてはずないから、作れる機会なんてあるとは思ってなかったんですけどね」

ハーレイの表情が曇《くも》る。

汚染獣《おせんじゅう》の接近《せっきん》はいまのところ秘密《ひみつ》ということになっているが、まさか開発者たちにまで秘密というわけにはいかないので、ハーレイたち開発陣《じん》には知らされていた。

それでも、第十七小隊の他の隊員──残るのはニーナとシャーニッドだけだが──にはまだ打ち明けられていない。ハーレイにもニーナたちには秘密にしていてもらえるようにレイフォンからも頼《たの》んだ。

「これも都市の運命だと、諦《あきら》めてもらうしかないな」

「……そうですね、来て欲《ほ》しくない運命ですけど」

ため息を一つ吐《つ》き、ハーレイが表情《ひょうじょう》の曇りを払《はら》う。

「そういえば、基本理論を作ったという彼は、見に来なくて良かったのかな？」

「あいつは変わり者なんで。鍛冶師《かじし》としての腕《うで》と知識《ちしき》はすごいですけど、極度の人嫌《ひとぎら》いですからね」

「職人気質《しょくにんきしつ》という奴《やつ》なのかな？」

「そういうものなんですかね？　変な奴で十分だと思いますけど」

「ははは、ひどい言い方だ」

「会えば、きっとそう思いますよ」

グラウンドを出る途中《とちゅう》、カリアンが施錠《せじょう》をするために別れ、出口に着いたところでハーレイが研究室にあいつがいるだろうからと……そういえばまだ名前も聞いていない開発者に会うために一人で錬金《れんきん》科にある研究室へと向かった。

レイフォンとフェリ二人で、カリアンが戻《もど》るのを待つ。

街灯《がいとう》が薄闇《うすやみ》をぼんやりと払っているだけの人気のないグラウンド前の通りで、フェリがぽつりと呟《つぶや》いた。

「ずいぶんと協力的なんですね」

「他《ほか》にやりようがないじゃないですか」

レイフォンが苦笑《くしょう》を浮《う》かべると、フェリが見上げてくる。

「そうかもしれませんけど、なんだか、諦《あきら》めているように見えますよ？」

「諦めてる？」

「ここに来た目的をです」

「…………」

「普通《ふつう》に暮《く》らしたかったのではないんですか？」

「諦めたつもりはありませんよ」

「なら、どうして引き受けるんです？」

合わせていた視線《しせん》を逸《そ》らした。

「それは……しかたないじゃないですか、雄性体《ゆうせい》はほんとに強いんです」

「でしょうね。でも、汚染獣の問題はこれを片付《かたづ》けたらもう終わり、なんてことではないんですよ？」

「……ですね」

フェリの言葉に反論のしようもなく、レイフォンは苦笑を弱い笑《え》みに変えるぐらいしかできなかった。

都市の外には汚染獣がいる。

それも、膨大《ぼうだい》な数が。

「あなた一人のわがままで人類がどうにかなってしまうのなら、それはもう手遅《ておく》れなんじゃないですか？」

「人類規模《きぼ》のことなんて僕《ぼく》にはわかりませんよ。でも、僕でなければどうにもならないのなら、僕がやるしかないじゃないですか」

「……本当に、あなたでなければだめなんですか？」

「え？」

「犠牲《ぎせい》を厭《いと》わなければ、勝てるんじゃないですか？　あなたが言ったんです。犠牲者は出るだろうけど、勝てるって」

「そうですね。でも、やれる人がやらないでいいなんてことにはならないと思います」

「…………」

「……すいません」

「いいです。わたしが、やれるけどやらないでいる類の人間なのはわかっています」

視線を戻して、フェリの横顔を見る。

「でも、わたしはそれを卑怯《ひきょう》だとは思いません。自分の意思です。自分で選んだことです。

これで他人にどう思われようと、死んだとしても後悔《こうかい》をするつもりはありません」

それを強い意思だと、レイフォンは感じた。欲しいと思ったわけでもない才能《さいのう》で自分の人生が左右される。それに真っ向から対抗《たいこう》しようとしている。できているわけではないけれど、そうしたいと強く願っている。

それもまた選んで悪い道ではないと思う。

「でも僕は、自分がなにもしなかったから誰《だれ》かが死ぬなんて嫌《いや》ですよ。それが先輩《せんぱい》たちならなおさらです」

「え？」

「グレンダンでも、やっぱり僕は自分一人で解決《かいけつ》しようとしていました。それは卑怯とか下劣《げれつ》だと言われても仕方がない方法で、僕もそんなことを言われてもまったく気にしていませんでした。逆《ぎゃく》に、どうしてそんなことを言われないといけないのかわからなかったぐらいです」

しかし、それをレイフォンのいた孤児院《こじいん》の人たちは望んでいたのか、それはわからない。聞いたこともなかった。聞く必要もなかった。聞かなくてもわかることだと思っていた。

実はそうではなかったのかもしれない。その結果で、レイフォンはグレンダンを出てツェルニにいる。

それを恨《うら》んでいるわけじゃない。

しかし、その方法を取らなかったとしてもレイフォンは同じようなことをしていたのではないかと思う。園長やリーリンたちに貧《まず》しい思いをさせたくないから。

自分一人の力でなんとかしようと思う。

「お人好《ひとよ》しなんでしょうね、僕は」

「本当に」

「ひどいなぁ」

「……そんなことよりも、先輩という呼《よ》ばれ方はまとめられてて嫌です。別の呼び方を要求します」

「え？」

「あなたも、あのクラスメートたちにレイとんとか呼ばれているそうじゃないですか」

フェリが唇《くちびる》を尖《とが》らせてそんなことを言う。いきなりの話題の変化にレイフォンは戸惑《とまど》うばかりだ。

「確《たし》かにそうですけど、でもあれは……広まってあまりうれしい呼ばれ方じゃないというか、ええと……」

「では、別の呼び方を考えましょう。レイ、レイちん、レイ君、レイちゃん、レイっち……どれがいいですか？」

「え？　もうその中で決定ですか？」

「他《ほか》に何か候補《こうほ》がありますか？」

「いや、自分で自分の呼び方考えるのは恥《は》ずかしいですって」

「では、レイちんにします」

「……ちょっと、考えさせてください」

「なんでですか？　可愛《かわい》いじゃないですか、レイちん」

「いや、できればカッコイイのが希望というか……」

抑揚《よくよう》のない声でレイちんとか言われると、すごい変だ。だからといってフェリに可愛らしく「レイちん♪」とか呼ばれたいわけでもなく。

……そんな光景を想像《そうぞう》したら背筋《せすじ》が震《ふる》えた。

「じゃあ、閃光《せんこう》のレイとかにしますか？　毎日、会うたびにわたしに『おはようございます閃光のレイ』『こんにちは閃光のレイ』『おやすみなさい閃光のレイ』と、おはようからおやすみまでそれ以外でもわたしに名前を呼ばれるような状況《じょうきょう》では常《つね》に閃光のレイと呼ばせるんですね？」

「…………」

「恥ずかしいですね」

「わかってるんなら言わないでくださいよ!!　ていうか、なんで閃光？」

「閃光以外を希望ですか？」

「そういう問題でもないですが」

「わがままですね」

「嘘《うそ》っ、僕がわがままなんですか？」

「では、フォンフォンにしましょう」

「うわっ、大逆転！　なんですかその珍獣《ちんじゅう》みたいな名前は？」

「いいじゃないですか、フォンフォン。……お菓子《かし》食べます？」

ご丁寧《ていねい》にポケットからスティックチョコまで取り出すフェリに、レイフォンは思い切り脱力《だつりょく》した。

「ペット扱《あつか》いじゃないですか……」

「ペットで十分です」

「うわぁ……」

「あなたはペットで十分なんです。だから、そんなに力むことはないです」

「え？」

「……兄が来ました」

問い返す暇《ひま》もなく、フェリはさっと身を翻《ひるがえ》してレイフォンに背《せ》を向けた。

「いや、待たせたね。というよりも待っているとは思わなかったよ」

「待たなくていいとも言われませんでしたけど？　そもそも、あなたは弱いんですから夜道の一人歩きは危険《きけん》です」

「ははは、ひどい言われ方だ。だが、待っていてもらって悪いけど、実はまだ片付《かたづ》けなくてはいけないことがあってね、これから生徒会の方に戻《もど》らないといけないんだ。君たちだけで帰ってくれ」

「そういうことは先に言ってください」

「まったく、これは私の不注意だったな。すまない。そうだ、レイフォン君は運動して腹《はら》が減っているのではないかな？　こんな時間までつき合わせたのはこっちの都合だ。フェリ、どこか美味《うま》い店に連れて行ってやってくれ」

そう言うと、カリアンはよどみなく財布《さいふ》から数枚《すうまい》の紙幣《しへい》を抜《ぬ》き取ってフェリに渡《わた》すと、こちらが何かを言う暇もなく学校へと向かっていってしまった。

「儲《もう》けました」

唖然《あぜん》としているレイフォンに、紙幣を両手で握《にぎ》ってフェリが呟《つぶや》いた。

「では、せっかくですから雰囲気《ふんいき》のあるバーにでも行きましょう。夜景を眺《なが》めながら二人でグラスを傾《かたむ》けます。ちゃんとホテルのキーを用意してくださいね」

「いや、そんなこと決定事項《じこう》のように言わないでください。それにまだ酒精解禁《しゅせいかいきん》の学年じゃないですし」

それに、レイフォンにしろフェリにしろ、そういう雰囲気がまるで似合《にあ》う気がしない。

レイフォンはそんな場所が似合うほどに落ち着いていないし、フェリの透明《とうめい》感のある美しさは、そういう大人の雰囲気とはまた違《ちが》う。

しかし、ではどこが似合うのかと言うと……

(家族向けのレストランかなぁ……)

子供《こども》連れの家族がやってくるようなレストラン……美しさという点を考慮《こうりょ》しなければ、フェリはませた子供という感じになる。

文句《もんく》を言いながら会計の横にあるおもちゃ売り場を気にする……

(うわっ、似合いすぎてるかも)

しかし残念ながら、学園都市であるツェルニに子供連れの家族を対象にしたレストランなどあるはずもない。おもちゃ屋がないわけではないが。

「……なにか失礼なことを考えていますね」

「とんでもない」

即応《そくおう》したものの、フェリの疑《うたが》いのまなざしは消えない。

「まぁいいです。家の近くによく行くレストランがあるからそこにしましょう。遅《おそ》くまでやってますし」

「はぁ、でもいいんですか？　奢《おご》ってもらうのはなんだか悪い気がしますけど」

「そんなのは気にしなくていいんです。ほら、行きますよ、フォンフォン」

「……待ってください、それ、決定ですか？」

「決定です。ほら、フォンフォン、早くしないと置いていきますよ」

もはや抵抗《ていこう》の余地《よち》もなくフォンフォンに決定してしまったレイフォンは、グラウンドで動いていた時よりも遥《はる》かに疲《つか》れた気分でフェリの後を追った。

†

フェリとの食事を終え寮《りょう》に戻ったレイフォンは、シャワーで汗《あせ》を流すとベッドに転がった。

適度《てきど》な疲《ひ》労《ろう》が体から力を抜かせ、ゆっくりとまどろみに落ちていこうとする中で、さっきまでのことを思い返していく。

今日はずいぶんと集中するのに時間がかかってしまった。剣《けん》を振《ふ》っている間も雑念《ざつねん》はレイフォンの隙《すき》を突《つ》いて戻ってきて、意識《いしき》の隅《すみ》にその姿《すがた》が浮《う》かんでくる。

言葉も。

『しばらく、二人での訓練は中止だ』

ニーナに言われたことがそんなにもショックだったのだろうか？　自分ではそうではないと思っているのだけれど、実はそうなのかもしれない。

「でも、やっぱりショックっていうのとは違うよなぁ」

嫌《いや》な予感……というのが近いのかもしれない。胸《むね》がザワザワする感じはそう言った方が適当《てきとう》な気がする。

いままでニーナから感じたおかしいという部分が、あの時にはっきりと形になったような……そんな風に思えるのだが、しかし肝心《かんじん》の形になったものがなんなのかわからない。

「うーん、なんか覚えがあるんだけどなぁ」

もどかしさに眠気《ねむけ》もどこかにいってしまいそうだ。

あの瞬間《しゅんかん》にはなにかわかったような気がするだけに、それを取り逃《に》がしたような感覚がもどかしい。

「むう……ぎゃっ」

唸《うな》ってベッドをごろごろしていると、転がりすぎて落ちてしまった。気が抜けていたものだから咄嗟《とっさ》の受身もない。

「つう……」

鼻を押《お》さえつつ起き上がる途中《とちゅう》で、レイフォンは自分の腕《うで》に目がいった。

火傷痕《やけどあと》のような白い痕がぽつぽつと腕のあちこちに散っている。

汚染物質《おせんぶっしつ》に触《ふ》れたことによって出来た痕だ。あの戦いの後に入院し、処置《しょち》されたことで時間はかかるが消えると言われてはいるものの、いまはまだ探《さが》せば体のそこら中にある。

体の傷《きず》なんてそれほど気にすることではないと思ってはいるものの、それを聞いた時のニーナたちの反応《はんのう》を見ればそれはいいことなのだろうと思う。

自分の体にある傷を見て、誰かが責任《せきにん》を感じるようなことがなければ、それはいいことだ。

だが、レイフォンが見ていたのはその傷ではなかった。

腕の付け根から手首にかけてまで、荒々《あらあら》しい線を引いたような傷痕。死ぬまで消えることはないだろう傷痕だ。完治した後も、周りの肌《はだ》になじむこともなく残り続ける傷。それはレイフォンの過去《かこ》の一つでもある。

傷痕なんて、探せばそこら中にある。訓練中の怪我《けが》や、試合の時の傷、汚染獣《おせんじゅう》と戦った時の傷。それだけじゃない。小さい頃《ころ》に転げて尖《とが》った石で膝《ひざ》を割《わ》った時の傷や、額《ひたい》の上の辺りには目立たないけれど同じように走り回ってて壁《かべ》にぶつけてできた切り傷の痕がある。

「これは、痛《いた》かったなぁ」

ベッドに腰《こし》かけて、レイフォンは腕の傷を見つめながら呟《つぶや》いた。

鋼糸《こうし》の練習をしていた時にできた傷だ。

天剣授受者《てんけんじゅじゅ》になったばかりの頃で、レイフォンは当時、他の天剣授受者に汚染獣との戦い方を習っていた。

鋼糸を使っていたのはその天剣授受者だ。

名は、リンテンス・ハーデン。

最初は、一本から始めた。剄《けい》を武器《ぶき》に走らせることで、神経《しんけい》が武器に延長《えんちょう》するような感覚はすでにあった。

だが、鋼糸を使うにはそれだけでは足りない。

神経だけでなく、筋肉《きんにく》にもするようリンテンスは言った。無茶《むちゃ》な言い分だと思ったが、目の前で無数の鋼糸を使って王宮の庭にあった木々を一度に剪定《せんてい》されてしまっては文句《もんく》も言えない。

慣《な》れないやり方に四苦八苦しながら、それでもやがては鋼糸を自在《じざい》に使えるようになった。

それから、一本が二本になり、二本が四本になり、四本が八本になり、八本が十六本になり……倍々に鋼糸の数を増《ふ》やしていった。

だが、それは結局、動かせる数を増やしているだけのことで、剣を振るように自分の腕の延長、自分の体の一部として扱《あつか》うには程遠《ほどとお》いものがあった。

……と、いまの自分なら思える。

あの時は思えなかった。

見てしまったのも悪かった。

扱える鋼糸の数が三桁《けた》を超《こ》えたところで、汚染獣がグレンダンを襲《おそ》った。この間ツェルニを襲ったものよりも成長した幼生《ようせい》たちの群《む》れだ。

それを撃退《げきたい》したのがリンテンスだった。

ああいうことができるのだと思えば、真似《まね》をしてみたくなる。監視《かんし》するように訓練の時にはそばにいたリンテンスも、あまり姿《すがた》を見せなくなってきていた。

一人のときを狙《ねら》ってやってみた結果……

自分の鋼糸で腕を切り、痛みと出血で気を失ってしまった。

意識《いしき》が戻《もど》った時には、病院のベッドの上だ。

「お前は馬鹿《ばか》か？」

目を開けたと同時に、側《そば》にいたリンテンスが開口一番にそう言った。

「蜘蛛《くも》がてめぇの仕掛《しか》けた巣にひっかかるか？　そんな蜘蛛に生きてく資格《しかく》があるか？　お前がやったことはそういうことだ。蜘蛛でない奴《やつ》が蜘蛛になろうとするんだ。生まれついての蜘蛛の数百、数千、数万、数億倍の努力がいるんだよ、時間がいるんだよ、才能《さいのう》がいるんだよ。わかるか馬鹿？　お前は生まれたばっかのうじゃうじゃいる子蜘蛛よりも下にいるんだ。そんな奴が糸の出し方すっ飛ばして巣を作ろうなんざ一兆年早いんだよ。生まれなおして来い」

ひどい言われようだった。

「ほんとに、あれはひどい」

思い出すと、腹《はら》が立つよりもおかしさがこみ上げてくる。

消えない傷痕《きずあと》を眺《なが》めながらレイフォンは声を殺して笑った。

あれで何かが変わったわけではない。天剣授受者に求められているものは、ただ強くなることだけで、武器を恐《おそ》れる暇《ひま》なんてなかった。レイフォンはそれからも一人で鋼糸の訓練をし、リンテンスも必要なこと以外では口を出さないという姿勢《しせい》を変えることはなかった。

競《きそ》い合う中で頂点《ちょうてん》に立つということは孤独《こどく》なことで、天剣授受者は誰《だれ》もがそれを承知《しょうち》していたし、幼《おさな》いレイフォンにも当然のごとくそれは求められ、レイフォンもまた求められる必要もなくすでにその中にいた。

ただ、ほんの少しだけ慎重《しんちょう》になった。

御《ぎょ》しきれない力は使用者自身を傷つけるということは知った。

だから、御しきるまでは徹底《てってい》的に自分の内側に拘束《こうそく》しておくことにした。

鋼糸の基本《きほん》的な技《わざ》以外は、リンテンスはレイフォンには何も教えなかった。誰かを強くするのではなく、自らを強くすることこそが天剣授受者に課せられた使命だ。リンテンスが鋼糸の技を教えてくれただけでも例外のような出来事だったのだから、レイフォンは文句を言うこともなく一人で練習を続けた。

あれほどの大きな怪我《けが》をすることはもうなかったけれど、それでも怪我が絶《た》えることはなかった。ほとんどはもう消えてしまったけれど、それでも残っているものはたくさんある。

傷が一つ増えるたびに自分の欠点《けってん》を知っていった。怪我が治るまでにその欠点を埋《う》めていく。

それを繰《く》り返して、鋼糸をいまぐらいに使えるようになった。

「ああ……もしかして」

何でこんなことを思い出しているのか、なんでこんなことをわざわざ思い出してしまうのか？　思い出したくないほどに辛《つら》い記憶《きおく》ではないし、ふと思い出してしまうほどに心温まる記憶でもない。

そんなものを今この時に思い出している自分は、本能的にニーナに感じたものを自分の中にあるもので重ね合わせようとしているのだろうと気づいた。ニーナに感じた違和《いわ》感と奇妙《きみょう》な納得《なっとく》は、自分の中にすでに存在《そんざい》していたものなのだと、気づいた。

ニーナは、一人で強くなろうとしているのだろうか？

誰かを追い抜《ぬ》いていかなければならない孤独感に、自分を追い込《こ》もうとしているのだろうか？

だとしたら、それは……

「僕《ぼく》に、どうにかできることではないのかもしれない」

そう考えた時、レイフォンは微《かす》かな痛《いた》みを胸《むね》に感じた。

04　走りぬくこと

レイフォンがそう呟《つぶや》いていたのと同じ時刻《じこく》……

重くなった鉄鞭《てつべん》をだらりと垂《た》らし、ニーナは止まらない息に窒息《ちっそく》してしまいそうだった。次々と空気を取り入れているはずなのに、それだけでは足りないもっともっとと体は要求している。

それでも、ニーナは苦しさを我慢《がまん》して少しずつ呼吸《こきゅう》を抑《おさ》えていく。

足はがくがくと震《ふる》え、いますぐにでもその場に倒《たお》れてしまいたいぐらいだけれど、必死に立ち続ける。熱くなった体をゆっくりと落ち着かせていく。呼吸は勁《けい》の大本だ。乱《みだ》してはいけない。体にもいきなりの休息を与《あた》えてはいけない。ゆっくり、ゆっくりと体を落ち着かせていく。

鼓膜《こまく》はゴウゴウという音で占められていた。頭の奥《おく》から聞こえる血液《けつえき》の流れる音。

それだけでなく、都市を運ぶ巨大《きょだい》な足の機械仕掛《じか》けがきしむ音もある。様々な機械の生み出す様々な音が、外界で荒《あ》れ狂《くる》う強風で判別不能《はんべつふのう》なまでにもみくちゃの一塊《いっかい》になって届《とど》いてくる音。

こんな時間に誰にも見られない、誰にもとがめられない場所を探《さが》せば、それは都市外縁《がいえん》部しかない。

「……よしっ」

呼吸を整え、ニーナは再《ふたた》び鉄鞭を持ち上げた。本当は持っていることさえ辛いのだけれど、内力系活剄《けい》を走らせればまだまだいける。そのために呼吸を整えたのだから。

レイフォンの強さをこれ以上ないぐらいまでに見せ付けられてしまった場所で、ニーナは一人、鉄鞭を振《ふ》り続けていた。

どうすれば、自分はもっともっと強くなれるのか？

そう問いながら鉄鞭を振り続けていた。

基本の型から始め、応用《おうよう》へともっていく。

武器《ぶき》なんて、結局は引き、力を溜《た》め、放つという三段階の動作にバリエーションを持たせているだけに過《す》ぎない。刃《やいば》ならば薙《な》ぐために、槍《やり》や棒《ぼう》ならば突《つ》き、叩《たた》くために武器に応じた動きのバリエーションを増《ふ》やしていき、それを組み合わせ、相手の動きを制《せい》する動きを出すことに終始していく。

それを繰り返すことに意味がないわけではない。思考の追いつかないぎりぎりの状況《じょうきょう》では、考えるよりも先に、体が馴染《なじ》んだ動きをする。その時にこそ、いましている反復《はんぷく》練習は有効《ゆうこう》となるし、繰り返すことで身体能力が上がっていく。身体能力が上がれば、それだけで相手に対して有利に進められるということだ。

「ふっ……はっ、はっ、はっ、はっ………」

そしてまた休憩《きゅうけい》。荒《あら》くなった息を整えながら、ニーナは側《そば》に置いていた鞄《かばん》からタオルを引っ張《ば》り出して汗《あせ》を拭《ぬぐ》う。入学式の前までは突き刺《さ》すような寒さがすぐに熱した体を冷やしてくれていたのだが、いまは夜になってもそれなりに過ごしやすい。徐々《じょじょ》に暖《あたた》かい土地にツェルニが移動《いどう》しているのだろう。

それだけに、体から熱が逃《に》げてくれない。噴《ふ》き出た汗をうっとうしく感じながら、ニーナは不可視《ふかし》のエアフィルター越《ご》しに夜景を眺《なが》めた。

そのまま、倒れてしまう。

硬《かた》い地面は当たり前に冷えていて心地《ここち》よい。疲労《ひろう》の極致《きょくち》でこのまま起き上がれないかもしれないと思いながらも、起き上がることができずにそのまま夜空を眺めた。

半欠けの月が浮《う》かんでいるだけで、後は底なしの闇《やみ》が広がっている。月の存在《そんざい》が、まるで夜の境界線《きょうかいせん》がここにあるのだと主張《しゅちょう》しているかのようだ。

復元状態《じょうたい》の鉄鞭がニーナの左右に転がっている。視線を月に向けたまま、指先だけで存在を確認する。

うすらぼけた青い光で自らの存在を空に映《うつ》す月は、ふとした瞬間《しゅんかん》に掴《つか》めてしまうのではないかと思ってしまう。

それでも、月に手を伸《の》ばすなんていうことはしない。それをするにはメルヘンチックな自分の思考に恥《は》ずかしさを感じてしまっているし、届くわけがないのはわかっている。

「……遠いな」

だから、そう呟いてしまう。

届きそうで、届かない。

錯覚《さっかく》と現実《げんじつ》の狭間《はざま》に月がある。思わず手が届いてしまうのではないかと思わせておいて、その実、ニーナとの距離《きょり》は何億キルメルという距離に隔《へだ》てられている。

手を伸ばした程度《ていど》で届くわけがないのだ。

それでも、届かなければいけないとニーナは思う。

手を伸ばすだけで届かないのなら、宙《ちゅう》を駆《か》け上がってでも……

「ふっ……」

自分の非《ひ》現実的な考えがおかしくて、ニーナは思わず笑ってしまった。

宙を駆け上がるなどできるはずもない。そんな夢想《むそう》には意味がない。

意味があるのは、そんな非現実的な手段《しゅだん》でもなくては届かないかもしれないと思っている自分の弱気だ。

「これでは……だめだ」

自分が習ってきたことの反復練習、それに意味がないとは思わない。確実に自分の成長に繋《つな》がっているとは思う。

だが、こんな訓練は今までもずっとしてきたことだ。自分に剄《けい》の能力があると知り、武《ぶ》芸者《げいしゃ》を志《こころざ》してきた時からずっとそうしてきたことだ。

それと同じことを繰《く》り返して、一足飛びに強くなれるとは思えない。

なにか、劇《げき》的に強くなれる方法でもないのか……

むしの良いことを考えているのは十分に承知《しょうち》だ。

それでも、そう思わずにはいられない。

じりじりとするのだ。

「くそっ」

いまのままでも、十分に強くなれると思う。時間をかければレイフォンに追いつくことだって決して不可能《ふかのう》ではないと信じている。

だが、このままでレイフォンの境地に達するのにどれだけの時間が必要になる。

一年？　二年？　まさか……

そんな簡単《かんたん》なわけがない。

いままで生きてきてこの強さなのだ。それが、一年二年の努力でその倍も三倍もそれ以上に強いだろうレイフォンに届くわけがないのだ。

そして、一年も時間がないのだ。

「間に合わない」

必要なのは未来の可能性《せい》ではなく、現在の、いまそこにあるものなのだ。あまりにもアンバランスになってしまった十七小隊の均衡《きんこう》を取るために、ニーナは強くならなくてはいけないのだ。

それをできるのは自分しかいないのだ。

ツェルニを守ると決めた自分しか。

「間に合わないのか……」

ニーナの手が鉄鞭《てつべん》から離《はな》れた。

片手《かたて》が、ゆっくりと月に伸びる。

大気を撫《な》でる指先が、視界の中で月に触《ふ》れる。

空想の中での接触《せっしょく》。

幻想《げんそう》の中だけの到達《とうたつ》。

そんなものに意味はないとわかっているのに……

「悔《くや》しいな」

滲《にじ》む月を見上げて、ニーナは腕《うで》を下ろした。

それは本当に、ただ悔しいだけなのか、嫉妬《しっと》なのか？

自分が欲《ほ》しいものを持っているレイフォンに対する……

それとも……

あの手紙。

落ちていた封筒《ふうとう》から飛び出た手紙を、ニーナは読んでしまった。

あの手紙を読んでから、ニーナの中の焦燥《しょうそう》は少し強くなったような気がする。より、レイフォンに追いつかなくてはいけないような気になった。

レイフォンのことを、ニーナが知る以上に知っているリーリンという女性の存在をニーナは自分自身ですらどのように受け入れたのかがわからない。

ただ、切迫《せっぱく》感だけは増《ま》したような気がする。

焦《あせ》るのだ。

「終われるか」

こめかみを流れていく液体《えきたい》を拭《ぬぐ》い、勢《いきお》いをつけて起き上がる。

「こんなところで、終わるわけにはいかないんだ」

疲労《ひろう》も、想《おも》いも、全《すべ》てを振《ふ》り払《はら》ってニーナは起き上がると鉄鞭を拾い上げた。

夜は、まだまだ長い。

時間は有限《ゆうげん》ではあるけれど、足りないわけではないはずだ。

そう信じて……

「はっ！」

ニーナは剄を走らせた。

†

次の対抗《たいこう》試合が次の休日と決まった。

我《われ》知らず、レイフォンは細いため息を吐《つ》く。

ここ数日、ニーナと顔を合わせる機会がない。

授業《じゅぎょう》のある時間はそもそも学年が違《ちが》うのだからそう簡単に会えるわけでもない。訓練の時は私的な会話をする暇《ひま》もなく時間が過《す》ぎていき、訓練が終了《しゅうりょう》すればニーナはすぐにその場を去っていく。

機関掃除《そうじ》の時にも会えない。

この間までは組まされていたというのに、いつの間にか別の生徒と組まされていて、別々の区画に分けられてしまっていた。

接触《せっしょく》のタイミングをことごとく外されて、レイフォンはなんともいえない宙《ちゅう》ぶらりんな感覚を味わっていた。

加えるなら、レイフォンはレイフォンで、ハーレイが持ってくるレプリカを使ってのテストや、カリアンと他の錬金《れんきん》科の技術者《ぎじゅつしゃ》を交えた打ち合わせもあり、暇な時間がなかったということもある。

落ち着く暇もないのだが、そちらのことで気分が塞《ふさ》ぐということもなかった。

それでも、

「な〜んか、ここ最近忙《いそが》しげ？」

昼休憩《きゅうけい》。すでに日常《にちじょう》となってしまったメイシェンの弁当《べんとう》をご馳走《ちそう》になっていると、ミィフィが訊《たず》ねてきた。

今日は校舎《こうしゃ》の屋上で、鉄柵《てっさく》に囲まれた屋上にはベンチもあり、生徒たちに開放《かいほう》されている。

レイフォンたちの他《ほか》にも何組かの生徒たちがあちこちのベンチで昼食を摂《と》っていた。

「え？　そうかな？」

「だよ」

「……うん」

ミィフィにかぶさるようにメイシェンにまで頷《うなず》かれ、レイフォンは頭を掻《か》いた。

「訓練終わった後に遊びに誘《さそ》おうと思っても、レイフォンいなかったりするもん。バイトのシフトがない時狙《ねら》ってるのに」

なんで、知らせてもない機関掃除のシフトを知っているのか……まったく、ミィフィの情報収集能力《じょうほうしゅうしゅうのうりょく》は恐《おそ》ろしい。

「次の対抗試合が近づいているからな。忙しいんだろう？」

「え〜、でも訓練外だよ。おかしいって」

ナルキの言葉をミィフィが否定《ひてい》する。噂話《うわさばなし》でもするかのような口調は、本人が目の前にいるというのに、まるで気にした様子もない。

というよりもナルキ自身に、自分の言葉を信じている様子はなく、可能性《かのうせい》の一つを潰《つぶ》すために、レイフォンの退路《たいろ》を断《た》つために言っているように見えた。

「で、なんで？」

見事にその可能性を叩《たた》き潰して、ミィフィが強気で切りつけてくる。

「対抗試合の準備《じゅんび》。機密事項《きみつじこう》？」

「どうして疑問《ぎもん》形なのよ？」

「さあ、なんでだろ？」

「ふざけてる」

「ふざけてないよ、真面目《まじめ》だって」

「ふうん」

しばし、ねめつけるようにミィフィが見てくる。レイフォンは平静を装《よそお》ってメイシェンの用意してくれた弁当に視線《しせん》を落とす。

「女ができた？」

「……なんでそういう結論《けつろん》？」

「そういえばここ最近、ロス先輩《せんぱい》と一緒《いっしょ》にいるところ、よく目撃《もくげき》されてるみたいじゃない？　そういうことなの？　先輩目立つからね、隠《かく》しても無駄《むだ》よん」

「いや、違うから」

見る間に表情が青ざめていくメイシェンを気にしつつ、レイフォンはそっけなく手を振《ふ》った。

「先輩とは、帰る方向が一緒だから」

「ただ帰る方向が一緒なだけで、頻繁《ひんぱん》に夕飯一緒の店で済《す》ませちゃうわけ？」

「……なんでそんなことまで知ってんの？」

たしかに、あの夜の野戦グラウンド以来、フェリとは何度か夕食を一緒にした。そのほとんどはカリアンの奢《おご》りということだったのだが、カリアンが一緒だったことは一度もなく、フェリとだけだった。

「ミィちゃんの情報網《もう》を舐《な》めないでよね」

胸《むね》を張《は》られても困《こま》る。

「いや、本当に、ただの偶然《ぐうぜん》だから」

言ってみても、疑いがまったく晴れていないのはミィフィの目を見れば明白だ。

「本当にそれだけ？　だって、あんなにきれいで可愛《かわい》いんだよ。二人っきりになったとたんに、なんかこう……無駄に若《わか》さが迸《ほとばし》ったりしないわけ？　むらむらっとして、若さで全《すべ》てが許《ゆる》されるとか勘違《かんちが》いして無軌道《むきどう》な青い性を解放してみたりとかしたくならないわけ？」

「……微妙《びみょう》に理解がおっつかないんだけど」

「つまり、押《お》し倒《たお》したりとかしてないわけ？」

「そういうダイレクトな言葉に置き換《か》えて欲《ほ》しいわけでもなかったんだけど……」

ありえないとレイフォンは首を振った。

あのフェリを相手にそんなことができる度胸《どきょう》なんてあるわけがない。いやいや、度胸があればどうとかいうわけでないけれど……

「じゃあ、なにしてるわけ？」

「………」

「ふうん……言えないことなわけなんだ？」

「そう言われてる」

カリアンにはできるかぎり内密にと言われている。強力な汚染獣《おせんじゅう》が都市の進路上にいるということは、汚染獣に対する経験《けいけん》のないツェルニの生徒たちには脅威《きょうい》だろう。

この間の幼生《ようせい》の時ですら、ツェルニは混乱《こんらん》に襲《おそ》われてまともな迎撃体制《げいげきたいせい》が取れていなかった。

これから汚染獣に対する迎撃体制の強化を図《はか》るといっても、一朝一夕にできるものではない。

なら、今目の前にある脅威に対抗《たいこう》できるのはレイフォンしかいないということになる。

それなら、誰《だれ》にも知られないままにレイフォンが片付《かたづ》けてしまう方がいい。

「つ～まんない」

しばらくじっと見ていたミィフィだが、最後には諦《あきら》めたのかそう呟《つぶや》くと弁当《べんとう》を持って立ち上がった。

「ミィ……？」

「つ～まんないからわたしは一人で食べます。んじゃっ！」

ビッと片手を突《つ》き出すと、ミィフィはそのまま入り口をくぐって屋上から去っていってしまった。

「まったく……子供《こども》っぽくむくれなくてもよかろうに」

やれやれ……とナルキまで立ち上がる。

「悪いな、気を悪くしないでくれよ」

「いや、きっと僕《ぼく》が悪いんだよ」

「そうだな……おそらくそうなんだが、それはきっと無理を言ってるんだろうな」

ナルキは肩《かた》をすくめると、落ち着かない様子のメイシェンを見た。

「あたしはミィに付いてるから、メイを頼《たの》むよ」

言うと、ナルキも自分用の弁当を持ってミィフィの後を追っていく。

「……あ」

メイシェンがなにかを言う暇《ひま》もない。あうあうしている間にナルキの姿《すがた》は屋上から消えた。

（なんか、前にもこんなことあったような気がするな……）

奇妙《きみよう》な既視《きし》感に捕《と》らわれながら、レイフォンは「あうぅ……」なんて零《こぼ》して俯《うつむ》いているメイシェンに謝《あやま》った。

「ごめんなさい」

「……レイとんは悪くないですよ？」

立ち直ったメイシェンは髪《かみ》を散らしそうなほどに頭を振った。

「いや、でもやっぱり僕が悪いんだと思うよ」

「……でも、言えないことなんですよね？」

「………………」

そうまっすぐに聞かれるとレイフォンは何も言えない。「そうだ」なんて言えば隠《かく》していると認《みと》めてしまうことになるし、だからといって何も隠していないというのが嘘《うそ》だということもすでにばれている。

言えないし、しかし嘘を重ねたくはない。

メイシェンたちだからこそ、これ以上嘘を重ねたくない。それはレイフォンなりの誠実《せいじつ》さの表れだ。

だから、なにも言えずに肩をすくめるしかない。

「……言えないことは、聞けないし、聞いたらいけないんだと思います。話してくれることなら、いつか話してくれると思うから」

「……ありがとう」

「……ミィもそれはわかってます」

「そうだといいんだけど」

「……でも、ミィは知りたがりだから」

メイシェンが静かに微笑《ほほえ》んだ。その笑みに含《ふく》まれた親愛の情《じょう》に、レイフォンは羨《うらや》ましさを覚えた。

「……わたしかナッキが隠し事をしてたら、ミィにはすぐにばれちゃいます。でも、レイとんの隠してることはわからない。だから、悔《くや》しいんだと思います。わからないことも、わかってあげられないってことも」

「わかってあげられない？」

「……ミィは、レイとんともっと仲良くなりたいんですよ。知りたがりのミィは言わなくてもわかってあげていられるようになりたいんです。ナッキなら、黙《だま》って自分のできることをしちゃいます。わたしなら……」

メイシェンは言葉を止めると、微《かす》かに首を振《ふ》った。

「……だから、ナッキもいらいらしてたんですよ。特に」

「特に？」

「……特に、です」

「どうして？」

「……だって、この間ナッキの手伝いをしたのでしょう？　それなのに、レイフォンが大変そうなのに自分がなにもできないから、なにができるのかわからないから、いらいらしてるんです」

「ぜんぜん気づかなかった」

レイフォンは呆然《ぼうぜん》と呟いた。

「……ナッキは我慢《がまん》強いから」

「手伝いっていっても、ちゃんと給料の出る仕事だったんだし、ナッキが気にすることじゃないと思うんだけど……」

言いながら、レイフォンはそういうことではないとわかっていた。

自分が困《こま》っているときに助けてもらったのに、相手が困っている時に何もできないから自分を不甲斐《ふがい》なく思っているのだ。お金が稼《かせ》げたからどうとかは関係ない。

「そうか……うん、僕が悪いんだな」

「……ううん、レイとんは悪くないよ」

「いや、僕が悪いんだよ」

メイシェンたちがそこまでレイフォンに近づこうとしている。そのことにまるで気づいていないのは、それだけで悪い。

考えてみればメイシェンとだって最初はこんなに話せなかった。彼女はいつも言葉少なで、ちょっとずつしか話さなかった。

それがいまは、こんなに積極的に話してくれている。それだけレイフォンに近づこうとしてくれている。

「そんなに困ってる顔してた？」

「……困ってるというか、気がかりがある顔、かな？」

「気がかり……？」

あれ……とレイフォンは首を傾《かし》げた。

「……時々、こんな顔してたよ」

言うと、メイシェンが目を細めて眉間《みけん》にしわを寄《よ》せた。

「……そう？」

「……うん」

「そう……だったんだ」

……メイシェンがやるともっと泣きそうな顔にしかなってないとは、口が裂《さ》けても言えない。

「……どうかした？」

眉間にしわを寄せたまま首を傾げるメイシェンから視《し》線《せん》を外し、レイフォンは内心で首をひねった。

気がかり？

汚《お》染《せん》獣《じゅう》のことは気がかりでもなんでもない。汚染獣はやってくる確《かく》率《りつ》の高い災《さい》厄《やく》で、その災厄に対《たい》応《おう》しないといけないのは逃《に》げようもないことで、気がかりというのとは違《ちが》う。

なにより近づいていることがすでにわかっている分だけ覚《かく》悟《ご》のしようもあるというものだ。

そもそも、汚染獣との戦いなんてグレンダンであった日《にち》常《じょう》の続きでしかない。死ぬかもしれないということを考えれば、レイフォンにとっても当たり前に重《じゅう》圧《あつ》だけれど、その重圧に負けているならすでに死んでいる。精《せい》神《しん》的葛《かっ》藤《とう》という名の戦いはもう終わっている。

なら、気がかりは……

「ああ……」

「……え？」

「いや、うん……あははは……なんだそっちか……」

「え？　え？」

「ミィが変なこと言うから勘違《かんちが》いした」

「ええ⁉」

「ああ……でもしかたないのかな」

「……うう」

「……ん？」

ひとしきり笑って、レイフォンは隣《となり》を見た。

「…………レイとん…………」

メイシェンが青い顔をして、祈《いの》るように両手を握《にぎ》り締《し》めている。

「メイ……？」

「……あ、あの……あの……」

「あ、ああ……ああ。い、いや、大丈夫《だいじょうぶ》、大丈夫だから。僕が勘違いしてただけだから……ええと、だから泣かないで、ね？」

ふるふる震《ふる》え出したメイシェンをなだめながら、レイフォンは事情《じじょう》を説明することにした。

結局、何がなんだかわからないけれど驚《おどろ》いて青い顔をして震えるメイシェンをなだめるのと、悪いタイミングで戻《もど》ってきてメイシェンをいじめたと勘違いしたナルキたちに釈明《しゃくめい》するのとで午後の授業《じゅぎょう》を一つサボらないといけなくなった。

その後に事情を説明する。

正直、こっちはすぐに終わった。

「ふうん、隊長さんが、なんだか様子が変と……」

ふんふんと頷《うなず》きながら、ミィフィが空になったミルクの紙パックを手の中で弄《もてあそ》ぶ。

「レイとんはそれが気になってるんだ？」

釈明に全精力を注いだレイフォンはぐったりとベンチに座《すわ》ったまま頷いた。

「そう」

「それで、なんとかしてあげたいと？」

「できるなら」

疲《つか》れきっているレイフォンはしごく簡潔《かんけつ》に頷き続けた。

「なんで？」

「なんでって……?」

こうくるとは思ってなかったので、レイフォンは驚いてベンチの背《せ》もたれに預《あず》けていた体重を戻して、ミィフィを見た。

ミィフィも、隣のナルキもまっすぐにレイフォンを見つめていた。

「おんなじ十七小隊だから? レイとんは対抗《たいこう》試合とかの小隊のことなんてやる気がないんでしょ? だったら隊長さんの様子が変でも別に問題ないんじゃない?」

「……ミィ」

メイシェンが戸惑《とまど》うようにミィフィとナルキを見た。が、すぐに諦《あきら》めたように首を振《ふ》った。

その一瞬《いっしゅん》でわかり合えたのだろうが、なにをわかり合えたかなんてレイフォンにわかるはずもない。

ただ、問われている。

どうして、ニーナのためになにかをしなくてはいけないのか?

「それは、そんなに難《むずか》しい問いが必要なことなのかな?」

「難しいかどうかなんて、レイとんがどういう答えを出すかじゃないか?」

黙《だま》っていたナルキが答えた。

「かもしれない」

レイフォンは頷く。たしかに、難しい問いではないのかもしれない。それでも問われてすぐに言葉にできない。

「いまだって、別に対抗試合とかはどうでもいいんだ。これは、本当に」

ゆっくりと、レイフォンは自分の中のものに整理をつけるように言葉を探《さぐ》っていく。

「ただ、少しだけ考えが変わったのも本当。次の武芸《ぶげい》大会が終わるまでは、小隊にい続けようとは思ってる」

「ふうん。それって正義《せいぎ》に目覚めちゃったって奴《やつ》？　ツェルニがけっこうきつい状況《じょうきょう》だってちょっと調べればわかることだよ。三年より上の先輩《せんぱい》ならみんな知ってることだし」

「そんなにいいもんじゃないよ」

「じゃ、なに？」

抑揚《よくよう》のないミィフィのしゃべり方は、まるでレイフォンを責《せ》めているかのようだ。

「ここがなくなるのは困《こま》るんだ。グレンダンには帰れない。この六年でなにかの技術《ぎじゅつ》なりなんなり身に付けて卒業しないとよその都市に移《うつ》って食べていけない。卒業してまで武芸を続ける気はないんだから」

「グレンダンに帰らないの？」

メイシェンの問いに、レイフォンは首を振った。

「……もう気づいてるかもしれないけど、僕《ぼく》の武芸の技《わざ》は片手間《かたてま》じゃない」

「そんなことはわかっているさ」

ナルキが呆《あき》れたように肩《かた》をすくめた。

「あんな技を片手間で覚えられたら他の武芸者たちの立つ瀬《せ》がない。グレンダンで本格的《ほんかく》にやっていたのだろう？　それこそ、こんな学園都市で習うことなんてなにもないくらいに。

あたしが気になっているのはそんなことではなくて、そんな奴が武芸を捨《す》てるつもりだってことだ」

改めて、三人の視線《しせん》がレイフォンに集まったような気がした。視線の圧力が増《ま》したのだろうか。

それだけ、三人がレイフォンの過去《かこ》を気にしているということなのだろう。

ナルキの唇《くちびる》が開く。疑問《ぎもん》が明確《めいかく》な問いに変わろうとする。その問いが発せられた時、レイフォンはそれに答えるべきなのかどうなのか？

自分がグレンダンでやったことを、レイフォンはいまだ迷《まよ》いなく自らの良心に反しないことだと確信している。だが、それが多くの人を傷《きず》つけてしまったことは、いまは理解《りかい》している。

彼女たちはどうなのだろう？　驚《おどろ》くだろうか？　軽蔑《けいべつ》するだろうか？　このまま離《はな》れていくのだろうか？

それは寂《さび》しさを覚えると同時に、ひどく怖《こわ》さを感じてしまった。ニーナに知られたとわかった時はどうだったろう？

「……もういいでしょ？」

様々なものが一瞬で渦巻《うずま》き、それを断《た》ち切ったのはメイシェンの言葉だった。

「メイ……？」

「……いまは、レイとんのそういうことを聞きたいんじゃないでしょ？」

「それは、そうだけど……」

「でもな……」

「……なら、いいでしょ？」

渋《しぶ》る二人を押《お》し切るようにメイシェンが繰《く》り返し、黙らせてしまった。

メイシェンがレイフォンを見る。申し訳《わけ》なさの混《ま》じった瞳《ひとみ》にレイフォンが映《うつ》った。

「……ごめんね。二人とも……わたしも、レイフォンのことがもっと知りたかったから」

「いや……」

それ以上の言葉が出なかった。なぜか、胸《むね》が熱かった。言えない自分の情《なさ》けなさもあったし、それ以上に知られることを怖いと感じる自分に驚きもあった。

(そうか、僕はもうこんなに、この三人に馴染《なじ》んでしまっているんだ)

この三人といることに馴染んでしまっている。この三人といる学校生活に馴染んでしまっている。当たり前の日常《にちじょう》になってしまっている。

それらが失われることが怖かったんだ。

「……けっこう、気に入ってるんだ、小隊の連中のこと。だから、なにかあるんなら手伝いたいと思ってる」

その言葉を搾《しぼ》り出すと、レイフォンはもう何もなかった。

だから、黙る。

メイシェンたちと同じように、ニーナやフェリ、シャーニッドやハーレイといる時間もけっこう楽しいと感じるようになっている自分がいることも知っている。

それをなくすのは怖い。

「……そういうのなら、別に文句《もんく》ないんだけど」

まだなにかひっかかりがあるような口ぶりでミィフィが言う。

「まぁ、あたしは最初から手伝えることがあるならするつもりだったがな。渋ってるのはミィ一人だ」

「うわっ、ナッキずっこい！」

「あたしは少しも疑《うたが》っていないからな」

「うっそだぁ！　ナッキだって気にしてたじゃん」

「あたしが気にしていることと、ミィが気にしていることは違《ちが》うよ」

「一緒《いっしょ》だよ」

「違うな」

「一緒！」

「違う」

「いいや、ナッキだってそっちは絶対《ぜったい》に気にしてたね。絶対、絶対の絶対、レイとんがあの隊長さんとかフェリ先輩《せんぱい》とかあの手紙の……」

「あああっっっっっっっっっっ!!」

いきなりメイシェンが真っ赤な顔で叫《さけ》び、レイフォンもナルキもミィフィも目を丸くしてその場で凍《こお》りついたように動けなくなった。

「メ、メイ……？」

「……っ！」

肩《かた》を上下させて荒《あら》く息を吐《は》いていたメイシェンは、はっとした顔で口を押さえた。

「あっ……」

「す、すまん……」

「……うう……」

はっと我《われ》に返った二人の見守る中でメイシェンは口を押さえたまま、また瞳に一杯《いっぱい》の涙《なみだ》をためた。

（謝《あやま》れると思ったのに……）

手紙を勝手に読んでしまったことを謝りたいと思って、ずっとそのタイミングを探《さぐ》っていたのだ。

それなのに……

こんな状態《じょうたい》で謝れるわけもなく、メイシェンは涙を溢《あふ》れさせた。

今度慰《なぐさ》めるのはレイフォンの番じゃない。二人してなだめにかかっているのを、追い払《はら》われたレイフォンは遠くから眺《なが》めていた。時々、ナルキかミィフィがまた失言して、事態を悪化させたり、まるで関係のない昔のことを蒸《む》し返してナルキとミィフィが険悪《けんあく》になったり、それでメイシェンが怒《おこ》り出してまたも二人してなだめに戻《もど》ったりを繰《く》り返し……

メイシェンが……というか三人が落ち着いたのと同時に、終わりの鐘《かね》が鳴った。

最後の授業《じゅぎょう》の鐘だった。

†

約束はしたものの、まさか本当にいるとは思ってなかった。

「さて、任務《にんむ》を説明する」

夜も遅《おそ》い。というよりもほとんど朝だった。いまはまだ暗いが、あと二、三時間で陽《ひ》が昇《のぼ》る。まさかずっと起きていたということはないだろうから、今まで寝ていたのだろう。

ミィフィの髪には寝癖《ねぐせ》があった。

「いや、任務もくそもないぞ？」

なぜかサングラスとロングコートのミィフィに、ナルキが冷静にツッコミを入れた。

機関掃除《そうじ》のバイトが終わって、出てくるとすでにメイシェンたち三人がレイフォンを待っていた。

四人の吐き出す息が目の前を白くしていく。

メイシェンが持ってきてくれた水筒《すいとう》には暖《あたた》かいお茶が入っていた。紙コップに注がれたそれをありがたくいただく。

「隊長さんは？」

「班長《はんちょう》に呼《よ》ばれてたから、まだ中にいるはず」

「よしよし……じゃあ、待ってから後をつけてみよ」

紙コップを両手で握《にぎ》り、湯気を顔で受けサングラスを曇《くも》らせながらミィフィがにんまりと笑う。なんだか悪者のような表情《ひょうじょう》にレイフォンは不安になった。

「普通《ふつう》に帰って寝ると思うけど……」

「ん〜にゃ、訓練が終わってから様子を見てるけど、バイトに行くまで訓練してただけだから、なにかあるんならこの後だよ」

「え？　訓練してた？」

「うん。ばっしばしに気合の入ったのをしてたよ」

「たしかに、鬼気迫《ききせま》るという奴《やつ》だった」

ナルキまでがそう言うのだから、相当なものだったのだろう。レイフォンは物思いに沈《しず》んだ。

「…………」

個人訓練《こじん》はしばらく中止にすると言っていたのに、一人でしている。

「ああ、やっぱり」

「ん？　なんだ？」

「いや、なんでもないよ」

その理由はやはり、昨夜レイフォンが思ったとおりのことなんだろうなと思った。ナルキを見ると、彼女も同じ結論《けつろん》に達しているのではないかと思われた。なんとなく、夕方に会った時とは違《ちが》う、乗り気ではない雰囲気《ふんいき》があった。

「……あ」

メイシェンの呟《つぶや》きで、三人は一斉《いっせい》に出入り口を見た。

ニーナが出てきた。

白い息を吐きながら、まだまだ寒いというのに武芸科《ぶげい》の制服《せいふく》だけでなにも羽織《はお》っていない。寮《りょう》に戻らずまっすぐにここに来たのだろうか？　作業着は肩に下げたスポーツバッグに入っているのだろう。あのバッグは確《たし》か、訓練に来る前にも持っていたような気がする。暗い中、街灯《がいとう》が落とすオレンジ色の明かりの下でもわかる。ニーナの横顔には濃《こ》い疲労《ひろう》の翳《かげ》りが宿っていた。

それでも足取りには疲労はまとわり付いていない。

紙コップに入っていたお茶を飲み干《ほ》し、それを近くのゴミ箱に投げ入れてから、レイフォンたち四人は距離《きより》をとってニーナの後を追った。

双方《そうほう》の距離はレイフォンとナルキで決める。ミィフィとメイシェンだけではすぐに気取られていたことだろう。

そう思うのだが、もしかしたらミィフィだけでもばれなかったかもしれない。思わずそう感じてしまうほどに、ニーナの背中は隙《すき》だらけだった。どこか張《は》り詰《つ》めた気配があるのだが、それはまるで古びた金網《かなあみ》のように大きな穴《あな》がいくつも見えてしまう。

「疲《つか》れてるな」

ナルキが声を潜《ひそ》めて呟き、レイフォンはただ頷《うなず》いた。

なにがニーナをそこまで追い詰めているのだろう？　この間の試合で負けたことだろうか？　負けたことがそこまでショックだったのか？　レイフォンにはわからない。いや、わからないわけではないのかもしれない。グレンダンにいた頃《ころ》なら、負けるなんてありえないことだった。実力的なことではなく、生きるために。勝ち続けることがレイフォンにとって重要なことだった。自分自身の生死の問題ではなく、自分がしようと思っていることが中途《ちゆうと》で折れてしまうことが怖《こわ》かった。

そういうものが、いまのニーナにあるのか？

……あるに決まってるじゃないか。この都市を守る、守りたい。ニーナがレイフォンにそう言ったのはそんな昔のことではない。

「……どこに行くんだろう？」

「だね」

メイシェンとミィフィが首を傾《かし》げ合っている。

ニーナはずっと、都市の外側に向かって歩いていた。都市の外側はいざという時にもっとも危険《きけん》にあいやすいことから、どこの都市でもなるべく居住《きょじゅう》を目的とした建物や重要な施設《しせつ》は作らないが、逆《ぎゃく》にそういう場所だからこそアパートなどができれば家賃《やちん》が安くなる。だが、ニーナの寮の正確《せいかく》な住所は知らないがこちら側にはないはずなのは、いつも訓練や機関掃除《そうじ》が終わった後に向かう方向でわかる。

ついに、ニーナは建物が一切《いっさい》ない外縁《がいえん》部にまでたどり着いた。

都市の脚部《きゃくぶ》がもたらす金属《きんぞく》の軋《きし》む音が強い風に乗って、一塊《ひとかたまり》になって迫《せま》ってくるようだ。

レイフォンたちは風除《よ》けの樹木《じゅもく》の陰《かげ》に潜《ひそ》んだ。そこから先には身を隠《かく》せるようなものはない。放浪《ほうろう》バスの停留所《ていりゅうじょ》からも遠く、あるのは不可視《ふかし》のエアフィルターの向こうで渦巻《うずま》く、汚染物質《おせんぶっしつ》を含《ふく》ませた砂粒《さりゅう》の嵐《あらし》だけだ。

今夜は一際《ひときわ》、風が強そうだ。

暗闇《くらやみ》に半ば溶《と》けたように見える砂嵐は、まるで奇怪《きかい》な生き物が蠢《うごめ》いているかのようだ。

隣《となり》のメイシェンがレイフォンの袖《そで》を握《にぎ》り締《し》めた。

その砂嵐の向こう側にぼやけた星空がある。今日は厚《あつ》い雲でもあるのか、月の姿《すがた》はなかった。

ニーナは段《だん》の少ない階段を下りて、広場のようになった空き地の真ん中に来ると、肩《かた》のスポーツバッグを下ろした。

剣帯《けんたい》に下げた二本の錬金鋼《ダイト》を掴《つか》む。

「レストレーション」

小さな呟きが、レイフォンには聞こえたような気がした。

鉄鞭《てつべん》の姿を取り戻《もど》した錬金鋼を握り締め、構《かま》え、ニーナが深呼吸《しんこきゅう》の後に活勁《かっけい》を走らせたのがわかった。

左右の鉄鞭を振《ふ》り回し、叩《たた》き下ろし、あるいは横薙《な》ぎにする。想像《そうぞう》上の敵《てき》の攻撃《こうげき》を受け止め、流し、あるいは打ち落とす。

その度《たび》にニーナの体は右に左にと飛び回り、あるいは頑強《がんきょう》な要塞《ようさい》のようにその場に重くとどまり、あるいは雷光《らいこう》のように直進した。

あらゆる型を、あらゆる攻《せ》めを、あらゆる防御《ぼうぎょ》を、ニーナが習得したありとあらゆる動

きをその場で高速に再現《さいげん》していく。

その動きに遅滞《ちたい》はなく、その繋《つな》ぎに遅滞はない。

それはすでに一個《いっこ》の芸術《げいじゅつ》のようだった。

同時に、鬼気《きき》迫《せま》っていた。

レイフォン以外の三人が息を呑《の》んでいる。

一流の舞《ま》い手が世界の全《すべ》てを観客にして舞っているかのようでもあり、同時に狂《くる》った戦士が世界の全てを敵に回しているかのようにも見えた。

メイシェンたちはすでに夕方、ニーナの個人訓練を見ているはずなのだが、それでも驚《おどろ》きを半減《はんげん》させることはできなかったようだ。

言葉を発することもなく、見つめている。

その横で、レイフォンは冷静にニーナを見つめていた。

ニーナの放つ剄の輝《かがや》きを見ていた。

ここ最近の訓練の時よりも、それははっきりと現《あらわ》れていた。

初めて見た時に、まぶしくてしかたがないと思った輝きに曇《くも》りが見える。

自分の剄の輝きなど知らない。自分のことはわからない。そもそも自分の剄の輝きを基《き》準《じゅん》にしていいのかわからない。

そもそも、剄の輝きは強さに関係しているわけじゃない、だからそれを基準にしてもしかたがない。

ニーナの剄の変化が喜ぶべきことなのかどうかはわからない。

ただ、妙《みょう》に悲しくなる。

そして、もっと見なくてはいけないものがある。

活剄の余波《よは》が湯気のように体外で揺《ゆ》らめいている。それが輝きながらうねり、悶《もだ》えるようにして空を目指している。指先から、肩から、首筋《くびすじ》から、頭から、背中《せなか》から、足先から……体のあらゆる部分からにじみ出るように、活剄は残滓《ざんし》を筋のようにして揺らめかせ、やがてそれが一つに、紐《ひも》を編《あ》むように一つになり、さらにその紐が逆《さか》らうことのできない重力に逆らいながら、悶えながら苦しみながら、頭を伸《の》ばすようにして空を目指している。

その動きこそが悲しい。

そして問題だった。

「無茶苦茶だ」

そう呟《つぶや》いた。

ナルキたちがぎょっとした目でレイフォンを見た。

「……レイとん？」

「え？　でも、すごいと思うよ？　ねぇ……？」

ミイフィが問い、メイシェンとそろってナルキを見る。ナルキもまた、レイフォンの言葉の意味がわからないらしく、当惑《とうわく》を浮《う》かべていた。

「なにが問題なんだ？」

「剄の練り方に問題があるわけじゃない。動きに問題があるわけじゃない……」

いや、問題はあるのだ。活剄による肉体の強化部位を常《つね》に全体にするのではなく、動きに合わせて変化させることで動きはさらに速く、力強くなる。そしてまたそれが、旋剄《せんけい》などの爆発《ばくはつ》的強化を起こす活剄の変化を瞬時に発動させる練習にもなる。動き一つとっても無駄《むだ》はたくさんある。

だが、そんなことが言いたいわけじゃない。そんなことは訓練することで克服《こくふく》されることだ。

「隠《かく》れて訓練してることが問題なんじゃない。武芸《ぶげい》者はいつだって一人だ。どれだけ足掻《あが》いたって強くなるためには自分自身と向かい合うことになるんだ。それは誰《だれ》にも助けられない、助けてもらうべきことじゃないんだ。だけど……」

レイフォンは首を振《ふ》った。

どう言えばいいのか……自分でもまだ整理が付かない。言葉が思い浮かばない。

いい言葉が思い付かない。

「がむしゃらすぎる」

こう言うしかなかった。

ニーナの放つ剄の残滓の動き……それがまるで溺《おぼ》れているかのように見える。もがき、足掻いて、藁《わら》でもつかんでしまいそうだ。だが、藁をつかんだところで、水の魔手《ましゅ》から逃《に》げられるわけがない。

ただ、沈《しず》んでいくだけだ。

沈めばどうなるか……

「……このままじゃあ、体を壊《こわ》すよ」

はっと気づいた顔でナルキが頷《うなず》く。学校に行き授業《じゅぎょう》と武芸科での訓練、さらに放課後に小隊の訓練、訓練後に個人訓練、学校が終われば機関掃除《そうじ》があり、その後にさらに個人訓練……一体いつ眠《ねむ》っているのか？　体を休めているのか？　この様子では機関掃除のない日は、その時間を個人訓練に当てていそうだ。

「それは、そうだな……」

内力系活剄には肉体を活性化《かっせいか》させ、疲労を回復《かいふく》させる効果《こうか》もある。達人にもなれば一ヶ月以上、不眠《ふみん》不休で戦い続けることができるというし、レイフォン自身それは可能《かのう》だ。

だが、その後の反動は凄《すさ》まじい。

グレンダンにいた時に、一週間、汚染獣《おせんじゆう》と戦い続けたことがあった。寝《ね》る暇《ひま》もなく、体を休める暇もなく、時間の感覚すら失って戦い続けた末の一週間だった。

その後に待っていたのは指一本動かすこともできないぐらいの虚脱感《きょだつ》だった。どれだけごまかし続けても、人間が本来持っている活動のサイクルを狂《くる》わせているのだ。歪《ゆが》みは必ず生まれる。

復帰するのに二週間かかった。

「……止めないと」

メイシェンが言う。レイフォンもそれには同意だった。

だが、どうやって止める？

そのやり方では体を壊す……そう言うのはとても簡単《かんたん》だし、おそらくはニーナ自身も気づいていることだろうとは思う。

だが、それだけではニーナの望みを叶《かな》えることはできない。それもまたわかっていた。

レイフォンには、ではどうすればいいのかを教えることができない。

強くなるための理論《りろん》、それはもちろんある程度《ていど》は知っている。レイフォンに最初に剣《けん》を教えてくれたのは孤児院《こじいん》の園長だ。生まれた時から剣の使い方を知っていたわけではない。

だが、剣を教えることがいまのニーナに必要なことではない。

もっと根本的な、武芸者の強さの本質《ほんしつ》を鍛《きた》えないといけないのに……

レイフォンは自分の剄の鍛え方を、ニーナに完全に伝えることができない。

剄《けい》の分野ではレイフォンは、ずっとずっと幼《おさな》いときに人に教えてもらうという段階《だんかい》を通り抜《ぬ》けてしまっていた。

人に教えてもらったことは同じように教えることはできるが、そこから先の領域《りょういき》となると、どうしても他人に完全に伝える自信がない。レイフォン独自《どくじ》の理論は、他人が簡単に習得できるものではないことはもうわかっている。

自分でいうのもなんだが、天才なのだ。

天才の持つ、理論になりきれていない直感の部分を他人に伝えることは難《むず》しい。

だからこそ、他の天剣授受者《てんけんじゅじゅ》も他人に技《わざ》を伝えることは埒外《らちがい》にして、自分を鍛えることのみに集中していたのだから。

「どうせ俺《おれ》たちは異常《いじょう》の中の異常だ。奇異《きい》なる物の奇異。人にして人にあらずだ。俺たちに残せるものがあったとしても、それは俺たちができることの千に一つ、万に一つ、億に一つ、最高によくて百に一つだ。俺たちはそういう類のはぐれ者なんだ」

鋼糸《こうし》をある程度《ていど》習熟《しゅうじゅく》した頃《ころ》に、リンテンスがこう言った。

「こいつをお前に教えたのは、ほんの試《ため》しみたいなもんだ。お前の鋼糸は俺の千分の一ぐらいの域には達するだろうが、そこから先は無理だ。何億本の糸を同時に操《あやつ》れたって、お前の剣ほどに物を切ることはできんだろう。土壇場《どたんば》で、お前は剣で戦うことを選ぶだろう。そういうことだ」

冷たく吐《は》き出された言葉に、レイフォンは驚《おどろ》きも落胆《らくたん》も悲観もなく、ただ納得《なっとく》した。剣ほどに鋼糸の技を信用できていないのは今も変わらない。剣を握《にぎ》っているときが一番、剄が走っていると実感できる。

その違《ちが》いがどうして起こっているのか、それを理論化して説明できない以上、自分の技をニーナに伝えるのは無理だろう。

ここまで考えて、さらにレイフォンは首を振った。教えて欲しいのなら、すでにそう言っているはずだし、一緒《いっしょ》にしていた個人《こじん》訓練をやめるはずがない。

「……レイとん？」

メイシェンのいぶかしげな声に、レイフォンは何もできない自分をどうやって伝えればいいのか、迷《まよ》った。

「あたしたちでは、なにもできないか？」

ナルキの問いに、首を振《ふ》る。

「たぶん……いや、わからない。今の訓練が無茶《むちゃ》だって伝えることはできるんだ。近いうちに体を壊《こわ》すって言うことはできる。でも、それに意味はあるのかな？　隊長があそこまでしてやってることの手伝いができないのなら、それは結局、無意味なような気がするんだ」

ニーナは強くなりたいのだ。

それは昔からそうだろうし、今になって一念発起《いちねんほっき》したというものではないはずだ。

ただ……

「どうして今になって、あそこまで無茶をするのか……」

「負けたから？」

「そうなのかな？」

反射《はんしゃ》に近いミィフィの言葉以外に納得できる理由が思いつかない。ただ、どうしても疑《ぎ》問《もん》がつきまとう。本当にそうなのか？

「……少しだけ、わかる気がする」

言ったのはナルキだ。レイフォンも、他の二人もナルキを見た。

「この間、手伝ってもらって思った。レイとんは強すぎるんだ。だから、肩《かた》を並《なら》べて戦うなんて、あたしなんかには到底《とうてい》むりだと感じたな。感じさせられたというか、それ以外にどう思えというぐらいだ。刷《こ》り込まれたって言ってもいい。そのことを寂《さび》しく感じたし、悔《くや》しくも感じたし……正直、嫉妬《しっと》もした。その力に頼《たよ》ってしまうことしかできないのは、同じ武芸者《ぶげいしゃ》としては辛《つら》いんだと思う。同じ小隊でやらないといけない隊長さんは、あたしなんかよりも強くそう感じたんじゃないかな？」

言われて、レイフォンの頭に浮《う》かんだのは新しい錬金鋼《ダイト》を持ったシャーニッドの姿《すがた》だった。

遠距離《えんきょり》射撃《しゃげき》だけやってられないだろうからと笑っていたが、もしかしたら理由はそれだけではなかったのかもしれない。ナルキの言う辛さが、シャーニッドに新しい錬金鋼をハーレイに依頼《いらい》させたのだろうか？

同じように、ニーナも。

いや、シャーニッドより激《はげ》しく、その思いに責《せ》め立てられたのだろうか？

この都市を救いたいと、強く思っている隊長だからこそ……

「それじゃあ、さらに僕《ぼく》はなにも言えない……」

強くなりたいのは武芸者の当たり前の心情《しんじょう》だ。それにレイフォンが口を挟《はさ》めるわけがない。

「……どうして？」

メイシェンが口を挟んだ。

「え？」

聞き返した。武芸者ではないメイシェンにはわからないこと……言い切るのは簡単《かんたん》だったが、メイシェンの疑問《ぎもん》はそんな単純な疑問とはほんの少し違う色合いを持っているように聞こえた。

レイフォンに見られて、メイシェンはほんの少しだけ言葉を濁《にご》らせたが、すぐに思いなおした様子で唇《くちびる》を開いた。

「……隊長さんが強くなりたいのはわかったけど、どうしてレイとんはなにもできないの？　どうして、レイとんだけでなにかしないといけないの？」

最初は言っていることがよくわからなかった。

「……隊長さんは、勝ちたいから強くなりたいんでしょう？　小隊で強くなりたいんでしょう？　だったら、レイとんだけでなく、みんなで……」

強くなればいい。

それとも協力すればいい？

最後の言葉はメイシェンの小さな唇の中であやふやなままに消えてしまった。

どちらだったのか？　どちらでも同じような気がする。

「協力？」

それでも確認《かくにん》してしまう。メイシェンは真っ赤になった顔を俯《うつむ》かせるようにして頷《うなず》いた。

「協力……か」

「なにか変？」

ミィフィの怪訝《けげん》な声に、レイフォンは我《われ》に返って首を振《ふ》った。喉《のど》がつかえているような感じがして、うまく喋《しゃべ》れる気がしなかった。

「そうだな、それが普通《ふつう》か……」

ナルキが顎《あご》に手をやってしみじみと呟《つぶや》いていた。

赤い髪《かみ》の女性警官《じょせいけいかん》がひどく感心している姿を眺《なが》めていると、レイフォンの耳に微《かす》かな異《い》音《おん》が届《とど》いた。

渦巻《うずま》いていた剄《けい》の波動がピタリと止《や》んだ。

レイフォンがまず見、次にナルキ、他の二人はさらに遅《おく》れて外縁部《がいえんぶ》に視線《しせん》を戻《もど》した。

ニーナが倒《たお》れていた。

†

緊急《きんきゅう》指定の病院にたどり着くまでにそう時間はかからなかった。

ニーナを抱《かか》えてきたレイフォンに、夜勤《やきん》中の医療科《いりようか》の看護師《かんごし》たちはすぐに病室を用意してくれ、次に仮眠《かみん》を取っていたらしい当直の医者がやって来たが、簡単な診察《しんさつ》をするとすぐに看護師たちに誰かを呼《よ》ぶように指示《しじ》、ついで点滴《てんてき》の準備《じゅんび》が行われた。その間にレイフォンはハーレイに連絡《れんらく》をし、病室に戻ろうとしていた所で二人を連れたナルキがやってきた。

そういう時間の流れだった。

廊下《ろうか》で待つというナルキたちを置いて病室に戻ると、医者が替《か》わっていた。ベッドの上でうつ伏《ぶ》せになったニーナは、レイフォンがいない間に制服《せいふく》を脱《ぬ》がされ、背《せ》中《なか》の開いた病院着に着替《きが》えさせられていた。

その背に、新たな医者は鍼《はり》を埋《う》めていく。

「剄の専門《せんもん》医よ」

看護師の言葉にレイフォンは納得《なつとく》した。

「三年のニーナ・アントークだよな？」

振り返ったその医者は不機嫌《ふきげん》に尋《たず》ねてきた。どこか眠《ねむ》そうな目は叩《たた》き起こされたためだろうが、不機嫌の理由がそれにあるのかどうかはわからない。

レイフォンは黙《だま》って頷いた。

「まさか、武芸科《ぶげい》の三年がこんな初歩的な倒れ方をするとは思わなかったぞ」

「あの……重症《じゅうしょう》ですか？」

「各種内臓《ないぞう》器官の機能《きのう》低下、栄養失調、重度の筋肉痛《きんにくつう》……全部まとめてあらゆるものが衰弱《すいじゃく》している。理由は簡単だ、剄脈の過労《かろう》」

やはりと思いながら、レイフォンは黙っていた。

「活剄はあらゆる身体機能を強化もするし治癒《ちゆ》効果《こうか》を増進《ぞうしん》もさせるが、そもそも剄の根本は人間の中にある生命活動の流れそのものだ。武芸者は剄を発生させる独自《どくじ》の器官を持っちゃいるが、その根本まで変わったわけじゃない。いや、武芸者にとっては弱点が増《ふ》えたも同然だ。心臓と脳《のう》みそと同じに、壊《こわ》れれば死ぬしかない器官だからな」

言いながら、医者は新たな鍼をニーナの背中にゆっくりと刺《さ》しこむ。腰《こし》より少し上辺りの背骨《せぼね》を中心に、鍼はなにかの図形を描《えが》くかのように一本、また一本と増えながら体の全体に広がっていく。

「脳が壊れても植物状態《じょうたい》で生きていられることもある。心臓も、処置《しょち》が早ければ人工心臓に換《か》えられる。だが、こいつだけは代替不可能《だいたいふかのう》だ。壊れたら、おしまい。大事にしろって、俺は授業《じゅぎょう》でそう言ったはずなんだけどな」

淡々《たんたん》と呟《つぶや》きながらも、細い鍼を使う動きに遅滞《ちたい》はない。プロの存在《そんざい》しない学園都市だが、この医者の技量《ぎりょう》は信頼《しんらい》できそうだ。

「治りますか？」

「致命的《ちめい》じゃない。いま、鍼で剄の流れを補強《ほきょう》してるところだ」

医者の言葉に、レイフォンは安堵《あんど》の息を吐《は》いた。

「だが、しばらくは動けないな。次の対抗《たいこう》試合は無理だ」

「……ですか」

「ん？　あまり驚《おどろ》かないな？」

「そっちは、僕にとってはどうでもいいことです」

「十七小隊のルーキーは変わり者って噂《うわさ》は本当だな」

そんな噂が流れてるのかと、レイフォンは医者の手元を見つめながら思った。腰を中心に、鍼は支配領域《しはいりょういき》を手の甲《こう》、足のかかとにまで伸ばしていた。

左のかかとに最後の一鍼を打ち込んで、医者は自分の肩《かた》を揉《も》んだ。

「後は一時間ほど待って鍼を抜《ぬ》く、それで普通の患者《かんじゃ》になる。明日からは俺の患者じゃない」

その言葉を残し、レイフォンの肩をぽんと叩いて出て行った。

看護師たちも背中をむき出したままのニーナのために空調の温度を調節すると、レイフォンを残して出て行った。

ニーナは眠《ねむ》り続けている。レイフォンの腕《うで》の中にいた時は荒《あら》かった息も、いまはおとなしいものになっていた。

安堵の息を零《こぼ》し、廊下で待っているはずの三人のことを思い出した。

廊下に出て、三人にニーナは大丈夫《だいじょうぶ》と伝え帰るように言う。もうすぐ日が昇《のぼ》るし、学校もある。

「レイとんは？」

「そのうち帰るけど、今は付いてるよ」

「……いるものとかあるかな？」

メイシェンの問いに、レイフォンは首をひねった。

「……入院するのなら、色々いるよ？」

「あ……」

「レイとんに揃《そろ》えられるわけないじゃん。いいよ、学校終わったら、わたしらが持ってくる」

「ありがとう」

「ま、こんなことしかできないけどね」

軽い調子のミイフィの言葉を頼《たの》もしく感じながら、三人をロビーまで見送った。

そのロビーの受付に、ハーレイの姿《すがた》があった。

入れ替わりにレイフォンの前に立ったハーレイは顔を青くしていた。

「ニーナは？」

「いまは、眠ってます」

「そう……大丈夫《だいじょうぶ》かな？」

「次の試合は無理だそうです」

「それは仕方ないね」

ハーレイもすんなりとその事実を受け入れた。大丈夫そうだとわかって安堵の息を零してる。

「残念じゃないんですか？」

「大事なのは本番じゃない？」

「ですね」

ハーレイの言葉で勇気づけられた。レイフォンにとってはどうでもいいことだが、ニーナにとっては違《ちが》うかもしれない。そのことが気がかりだった。

「二人にも連絡《れんらく》は入れといたよ、そのうち来ると思うけど……あの二人は慌《あわ》てて来るってタイプでもないかな？」

そのことを責《せ》める様子もなく、ハーレイはただ肩をすくめた。

病室に戻《もど》る。

背中《せなか》を鍼《はり》で埋《う》め尽《つ》くしたニーナの姿にはさすがに息を呑《の》んだようだが、ニーナの安らかな寝顔《ねがお》を見てゆっくりと息を吐き、強張《こわば》った体から力を抜いた。

それから不意に壁《かべ》に視線《しせん》を飛ばした。

横顔の頰《ほお》が赤くなっている。

「シーツとか、かけられないのかな？」

「……看護師さんがしなかったし、勝手にしては……」

レイフォンもその意味がわかって、頰に熱が走るのを意識《いしき》した。

大人しいノックの後に、フェリがやってきた。

「……なにしてるんですか？」

照明で白く輝《かがや》く下着や、ベッドに挟《はさ》まれている胸《むね》を見ないように壁を見つめる男二人に、フェリの冷たい声が投げかけられた。

問いに答えられずにへどもどする男二人にフェリは興味《きょうみ》を失い、ニーナの様子を見る。

無事らしいのを確認《かくにん》してから、さらにニーナの横顔に顔を近づけた。

フェリは、すでに制服姿《せいふく》だった。明け方のこんな時間だというのに、寝癖《ねぐせ》の一つもなく、身繕《みづくろ》いに一片《いっぺん》の隙《すき》もない。

横目でその様子を窺《うかが》うレイフォンの前でフェリはニーナから離《はな》れると、振《ふ》り返ってレイフォンを見た。

慌てて視線を壁に戻す。

「スケベ」

「見てませんよ」

「その返事が出るあたりが、スケベです」

なにも言い返せず、レイフォンはうっと唸《うな》るしかなかった。

「まぁ、そんなことはどうでもいいです。……それよりも」

フェリがハーレイにも視線を飛ばし、ついで壁際《かべぎわ》に立てかけておいた鞄《かばん》から大きな書類封筒《ふうとう》を取り出した。

「兄から預《あず》かってきました」

封筒ごと渡《わた》され、レイフォンはその場で中身を見た。

見る前に、中身がなんなのかは予想が付いていた。一瞬《いっしゅん》だけ表情《ひょうじょう》をこわばらせたハーレイを見、それからニーナを見る。それから、そうかと納得《なっとく》した。

さっき、フェリはニーナが本当に眠《ねむ》っているのか確認したのだ。

封筒の中身は、やはり写真だった。

「昨夜、二度目の探査機《たんさき》が持ち帰ったそうです」

写真の映像《えいぞう》は、この間のものと同じだ。前よりもきれいに映《うつ》って見えるのは、以前よりも都市が近づいているからだろう。

これなら、もはや見間違えはしない。

岩山の稜線《りょうせん》に張り付くようにそれはいた。眠りでもしているのか、背中から生えた翅《はね》は折りたたまれ、細長い胴体《どうたい》はとぐろを巻《ま》いている。

汚染獣《おせんじゅう》だ。

雄性体《ゆうせい》の……何期だろうか？　まだ、そこまではレイフォンにも判別《はんべつ》はつけられない。直に肉眼《にくがん》で確認するまできっとわからないだろう。

このまずっと眠っていてくれればいい。そう願いたいところだが、どうだろう？

「都市は……ツェルニは進路を変更《へんこう》しないのですか？」

都市は汚染獣を発見した場合はそれを避《さ》けて移動《いどう》する。世界中にある自律型移動都市《レギオス》がそうだし、ツェルニが例外というわけもない。

フェリは小さく頭を振った。

「ツェルニは進路を変更しません。このままいけば、明後日には汚染獣に察知される距離《きょり》になるだろうとのことです」

明後日……休日で、しかも試合日だ。

どっちにしても、対抗試合は棄権《きけん》しないといけなかったらしい。

レイフォンはなんともいえないため息を零《こぼ》した。

写真を封筒に戻し、フェリに返す。

「複合錬金鋼《アダマンダイト》の方はもう完成したから、いつでもいけるよ」

「戦闘《せんとう》用の都市外装備《がいそうび》も改良が終わったそうです。兄はできるなら明日の夕方には出発して欲《ほ》しいと」

二人がそろってレイフォンに報告《ほうこく》する。

「わかりました」

レイフォンは静かに受け止めた。

複合錬金鋼《アダマンダイト》……あの武器《ぶき》はそう名付けられたらしい。今まで知らなかった。興味もなかったというのが本当だろうか。

だが、もちろんそんなことは口にしない。

「怖《こわ》いですか？」

不意にフェリがそう尋《たず》ねてきた。

「え？」

「汚染獣と戦うことです」

「そりゃあ……」

怖い、と言いかけて、レイフォンは口をつぐんだ。怖いと口にしてしまうことに矜持《きょうじ》の敗北を感じたわけではない。レイフォンを覗《のぞ》き込むフェリの銀色の瞳《ひとみ》に宿る深さに息を呑まれたからだった。

「あなたにとってはいまさらな質問《しつもん》ですね」

「そう……だね」

銀色の少女はなにが言いたかったのかわからないままに、言葉を薄《うす》い唇《くちびる》の中にとどめたフェリは、まるでレイフォンのまねをするかのように……何倍にも可憐《かれん》に、何倍にも美しくしたため息を吐《つ》いた。

「もう、止まりようもないですか」

フェリはそう呟《つぶや》くと、もう一度ニーナの様子を確《たし》かめてから病室を出て行った。

05　境涯《きょうがい》に立つ

体にぴったりと張《は》り付いたスーツの感触《かんしょく》は冷たかった。着る前は暑苦しいイメージがあったのだが、着てみると実際《じっさい》はそうでもない。意外に通気性は良いのだ。これはグレンダンにいた時からそうなので、いまさら驚《おどろ》くほどでもないのだが。

都市外戦闘《せんとう》用の汚染物質遮断《おせんぶっしつしゃだん》スーツだ。半透明《とうめい》のスーツは白々しい照明の中で下にある肌《はだ》の色を覗《のぞ》かせる。

その上から戦闘衣を着込む。体を軽く動かしてみたが特に支障《ししょう》がないことに、レイフォンは内心で安堵《あんど》した。

改良に時間ぎりぎりまでかかり、実際にこれを着たのは今日が初めてなのだ。

着替《きが》えを終えて、与《あた》えられていた個室《こしつ》から出る。

「問題ないです」

気持ちとは相反したレイフォンの乾燥《かんそう》した声が、照明の足りない薄暗《うすぐら》い空間に響《ひび》く。

ここは都市地下にある空間だった。機関部よりもさらに下、都市の脚部《きゃくぶ》と繋《つな》がる、腰部《ようぶ》ともいえる場所の、隙間《すきま》のような空間だった。

都市外での作業……その多くは脚部の修復《しゅうふく》だが、そういうことを行う場合、ここから外に出る。

その場所にレイフォンとカリアン、そして数名の生徒がいた。

レイフォンの言葉に、着替えるのを待っていた技術科《ぎじゅつか》の学生長が安堵に胸《むね》を撫《な》で下ろす。

その顔には連日の徹夜《てつや》の跡《あと》が染《し》み込《こ》んでいた。

「それは良かった。後は、フェイススコープだが……」

学生長の言葉で、手渡《てわた》された物を頭から被《かぶ》る。レイフォンの頭に合わせた骨組《ほねぐ》みに、スーツと同じ布地が縫《ぬ》いつけられている。それが頭を覆《おお》い、ついでフェイススコープと呼《よ》ばれた板状《いたじょう》の物を顔に嵌《は》めた。ヘルメットからあまった布をスコープの下部で止めれば、顔全体を外気から完全に隠《かく》す。さらに首の部分でスーツと繋げれば完成だ。

スコープは何も映《うつ》さない。真っ暗な中で、学生長が通信機で誰《だれ》かに合図を送った。

次の瞬間《しゅんかん》、レイフォンの眼前《がんぜん》に光景が浮《う》かび上がる。

ここではない別の場所だ。

都市外の、荒《あ》れ果てたむき出しの大地が目の前に飛び込んできた。

「へぇ……」

思わず声が漏《も》れた。

生命の欠片《かけら》すら存在《そんざい》しないひび割《わ》れた大地が眼前にある。汚染物質が嗅覚《きゅうかく》を焼きながら乾燥《かんそう》した大地の臭《にお》いを届《とど》けてくる。風が大量の砂塵《さじん》を含《ふく》ませてレイフォンの全身を叩《たた》きながら過《す》ぎ去っていく……そんな錯覚《さっかく》すら感じるほどに、スコープからの映像《えいぞう》は生の視覚《しかく》で見るのと変わりのない感覚を与えてくれた。

「うまくリンクしていますか？」

声はフェリのものだった。

その声も耳元でしたようだが、実際にフェリはこの場にはいない。

「完璧《かんぺき》です」

「それはけっこうなこと」

フェリの返事は冷たい。

フェイススコープにはフェリの念威端子《ねんいたんし》が接続《せつぞく》されているのだ。これによって、レイフォンの眼前にあるスコープは視覚の代わりを務《つと》め、さらに様々な情報《じょうほう》を届《とど》けることができる。生の目で見て汚染物質で目を焼くこともなく、ゴーグルを付けて砂塵に貼《は》り付かれて何も見えなくなるということもない。

スコープの映像が、レイフォンがいまいる場所に変わった。やはり、目で見ているのと遜色《そんしょく》のない光景だ。

ていた。

「これで、準備《じゅんび》は万端《ばんたん》ですね」

剣帯《けんたい》にハーレイから渡された錬金鋼《ダイト》を吊《つ》るす。普通《ふつう》の錬金鋼とは違う。やや長く、さらに手元から細長い鉄板が先端《せんたん》に向かってアーチを描《えが》いている。鉄板には三つの穴《あな》が穿《うが》たれていた。

完成した複合錬金鋼《アダマンダイト》……開発者はやはりこの場にはいなかった。

さらにそれとは別に渡された四つの錬金鋼も剣帯に吊るし、準備は終わった。

「移動《いどう》にはランドローラーを使ってもらう」

黙《だま》ったまま控《ひか》えていたカリアンが側にあるものを示《しめ》した。

それは遥《はる》か昔に実用性《じつようせい》を失った車輪式の移動機械だった。二輪の乗り物で、幅広《はばひろ》のボディの割《わり》にはスマートなデザインだ。黒の外装《がいそう》はわずかな照明を受けて艶光《つやひか》っている。

今の荒れ果てた大地にゴム製《せい》の車輪は耐《た》えられない。長距離《きょり》の移動が不可能《ふかのう》で、そして短距離の移動にはほとんど意味がない。現在《げんざい》の機械の足による歩行移動となったのは当然の帰結であった。

それでも移動速度はこちらの方が遥かに優《すぐ》れているために、遭難《そうなん》者救助用にどの都市にも何台か用意している。

カリアンの側に置かれているものは、要救助者を乗せるサイドカーを外している。

レイフォンはランドローラーに乗り、機関に火を入れた。腹《はら》に響《ひび》く重低音を放ちながら、ランドローラーは全身を震《ふる》わせた。

カリアンたちが別室にある制御《せいぎょ》室に移動し、外部へのゲートが開く。そこに移動し、昇《しょう》降機《こうき》が地面へと運んでいく。

強風が吹《ふ》きつける中、ゆっくりと歩を進める都市の足がレイフォンを取り囲んでいた。徐々《じょじょ》に地面に下ろされながら、レイフォンは遥か先にある天を突《つ》く岩山に目をやった。

そこにいまだ、汚染獣《じゅう》がいる。

到着《とうちゃく》まで一日はかかる……長い孤独《こどく》の始まりだった。

†

過去《かこ》に戻《もど》り、病室。

「ここは……？」

呆然《ぼうぜん》とした声に、レイフォンは花瓶《かびん》から目を離《はな》した。鍼《はり》が抜かれ、シーツにくるまれて眠《ねむ》っているはずのニーナの声だった。

個室《こしつ》の窓《まど》からは夕焼けの光が入り込んでいた。光と闇《やみ》が病室を二色に分けている。ニーナのベッドは茜《あかね》色の境界線《きょうかいせん》から外れ、暗い場所にあった。

照明のスイッチを入れる。白い壁を反射《はんしゃ》して、白々とした光が部屋の中に満ちて、闇は払《はら》われた。ニーナの瞳《ひとみ》が眩《まぶ》しさに細められ、それからレイフォンの姿《すがた》を捉《とら》えた。

「病院ですよ」

「病院……？」

ニーナの意識《いしき》は、その瞳ほどには明晰《めいせき》さを取り戻してはいないようだった。

「覚えてませんか？」

「……いや……」

白い天井《てんじょう》を見上げて、ニーナはゆっくりと首を振《ふ》った。細いため息が後に続いた。閉《と》じられたドアの向こうで看護師《かんごし》や患者《かんじゃ》、あるいは見舞《みま》いの人たちの行きかう静かな足音が部屋の空気を微《かす》かに震わせた。

レイフォンは再《ふたた》び花瓶に目をやった。シャーニッドの持ってきた花がそこに飾《かざ》られている。

「そうか、倒《たお》れたんだな」

「活剄《かっけい》の使いすぎです」

淡々《たんたん》とした会話に、レイフォンは少しばかり息苦しさを覚えた。徐々に徐々に、辿《たど》り着いて欲《ほ》しくない結論《けつろん》に辿り着いてしまう……逃《のが》れられない予感があった。

「ずっと、見ていたのか？」

すぐに、その結論はやってきた。花瓶を見るレイフォンの横顔に視線が突き立ったような気がしたが、視界の端《はし》にあるニーナは、正反対に茜色に染まった窓を見つめていた。

「いいえ」

「無様だと、笑うか？」

「笑いませんよ」

「わたしは、わたしを笑いたいよ」

こそりと、シーツが揺れたのをレイフォンは感じた。

「無様だ……」

「僕《ぼく》は、そうは思いませんよ」

「なぜ？」

問いかけには苛立《いらだ》ちが混《ま》じっていた。声が湿《しめ》っているような気がしたが、レイフォンは確《たし》かめようとは思わなかった。もしかしたら……夕焼けを見つめるいまのニーナを見たくないのかもしれない。

「冷たい言い方かもしれないですけど、死にかけないとわからないこともあると思います。それは誰にたすけてもらうこともできないものかと」

「そしてこれか？」

自嘲《じちよう》気味な言葉にレイフォンは頷《うなず》いた。

「……次の対抗《たいこう》戦は、棄権《きけん》することになりました」

「……そうか」

それもわかっていたことなのだろう。

「無駄《むだ》な時間を過ごしたのかな……わたしは？」

「無駄でしたか？」

「たかが予備試合に出場できなくて、負けなんですか？」

「勝ちたいから、強くなりたいんだ。なら、無駄じゃないのか？」

「そんなわけがない！」

勢《いきお》いよく半身を起こして、ニーナは表情を歪《ゆが》めた。全身の筋肉痛《きんにくつう》は起こした上半身を支《ささ》えることすら許《ゆる》さず、枕《まくら》が頭を受け止める。

「……それでも、わたしは勝ちたいんだ。強くなりたいんだ。こんなところで立ち止まってて、本番で何もできなければ話にならない」

「そうですね」

「じゃあ、無駄じゃないか」

こちらに顔を向けないニーナの姿が、シーツの中でどんどん小さくなっているように見えた。

「……最初は、わたしの力が次の武芸《ぶげい》大会で勝利するための一助になればいいと思っていた」

こちらを向かないままに、ニーナが呟《つぶや》く。

「だが、少しだけ欲《よく》が出た。お前が強かったからだ。お前の強さを見て最初は怖《こわ》かった。本当に人間なのかと思った。だが、お前もやっぱり人間なんだと感じた時に、欲が出た。単なる助けでなく、勝利するための核《かく》になれると思った。なんの確証《かくしょう》もなく、十七小隊が強くなったと思ってしまったんだ。笑ってくれ」

笑えるわけもなく、レイフォンは黙《だま》って首を振った。

「だが、負けてしまった。当たり前の話だし、負けて逆《ぎゃく》にありがたいと思った。わたしの間違《まちが》いを、あの試合は正してくれた。だが、その次でわたしは止まった。……なら、勝つためにはどうすればいい？」

小隊が強くなればいい。

簡単《かんたん》な答えだが、その答えを口にはしなかった。

ニーナがそこでどう思ったか、なんとなくわかった。

やる気があるのかどうかわからないシャーニッドに、あからさまにやる気のないフェリ。特に、フェリはレイフォンに実力を出すことはないと言い切っている。念威繰者《ねんいそうしゃ》である自分を嫌悪《けんお》しているのだから。

小隊の強さとは、そのままチームワークを現《あらわ》している。個人が強くても、その強さを活《い》かす土壌《どじょう》がなくては意味がない。

それを、この前の試合で見せ付けられた。

「わたしは、わたしが強くなればいいと思った。お前と肩《かた》を並《なら》べることができなくても、せめて足手まといにならないぐらいには強くならなくてはと思った。だから……」

だから、個人訓練の時間を増《ふ》やしたのか。

そのスケジュールの異常《いじょう》さは、それだけレイフォンの実力を高く買ってくれているということだ。

「だが、それもやはり無駄なことだったのかもしれないな」

ニーナがそう締めると、病室に重い沈黙がのしかかったように感じた。

「……勁息《けいそく》の乱《みだ》れは認識《にんしき》できましたか？」

そんな中で、レイフォンは言葉をつむぐ。

「ん？」

「剄息です。最後の方、ずいぶんと苦しかったはずですけど」

「あ、ああ……」

いきなりの話題の変化に、返事をするニーナに戸惑《とまど》いがあった。

「剄息に乱れが出るということは、それだけ無駄があるってことです。疲《つか》れをごまかすために活剄を使っていれば、乱れが出るのは当たり前なんです。普通《ふつう》に運動するときに呼吸《こきゅう》を乱してはいけないのと同じです。最初から剄息を使っていれば、剄脈も常《つね》にある程度《ていど》以上の剄を発生させるようになります。剄脈は、肺活量《はいかつりょう》を上げるのとは鍛《きた》え方が違います。最終的には活剄や衝剄《しょうけい》を使わないままに剄息で日常の生活ができるようになるのが理想です」

「レイフォン……？」

「剄を形にしないままに剄息を続けて普通の生活をするのはけっこう辛《つら》いですけど、できるようになったらそれだけで剄の量も、剄に対する感度も上がります。剄を神経《しんけい》と同じように使えるようにもなる。剄息こそ、剄の基本《きほん》です」

剄息こそ剄の基本。

それは武芸《ぶげい》科生徒用の教科書の、最初の方に載《の》っている説明だった。

だが、教科書に載ってないことも言っている。剄息のまま日常生活を送れなんて、教科書のどこにも書かれていない。

そしてこれから言うことも。

「剄脈のある人間が武芸で生きようと思ってるのなら、普通の人間と同じ生態《せいたい》活動をしてることに意味はないんです。呼吸の方法が違うんです。呼吸の意味が違うんです。血よりも剄に重きを置いてください。神経の情報よりも剄が伝えてくれるものを信じてください。思考する血袋《ちぶくろ》ではなく、思考する剄という名の気体になってください」

淡々《たんたん》とレイフォンは告げた。ニーナは黙ったまま、じっとレイフォンの言葉を聞いていた。わずかに赤くなった瞳《ひとみ》が驚《おどろ》きに見開かれた形でこちらを見つめていた。

「武芸で生きようと思ってるのなら、まず自分が人間であるという考え方を捨《す》ててください」

同じ言葉をもう一度繰《く》り返す。

レイフォンが人間だとわかって安心したと言ったニーナに、人間であるなと言う。

「僕が先輩《せんぱい》に完全に伝えられるものがあるとすればこれだけです」

言ってから、レイフォンは笑《え》みを浮《う》かべた。無理矢理《むりやり》に作った笑みだから、きっと強張《こわば》っていることだろうと思った。頬《ほお》のあたりがやけに気になる。

「気づいてます？　シャーニッド先輩が新しい錬金鋼《ダイト》を用意してるの」

「え？」

「シャーニッド先輩は銃衝術《じゅうしょうじゅつ》が使えるみたいですね。実力のほどは知りません。それは後で先輩が確認してみてください。でも、もしかしたら戦術《せんじゅつ》の幅《はば》が広がるかもしれませんね。全員が前衛《ぜんえい》っていう超攻撃型《ちょうこうげき》の布陣《ふじん》を敷《し》くこともできるし、逆に先輩を後ろに待機させることもできます。戦術の方は、僕は頭が悪いんでこんなぐらいしか思い浮かばないし、それが正しいのかもわからないので、先輩に任《まか》せますけど」

「…………」

「僕は自分一人での戦い方は心得てますけど、集団戦《しゅうだん》はまるでだめです。すぐそばにいる誰《だれ》かを気にしながら戦うのは苦手です。正直、野戦グラウンドは狭《せま》いと感じるぐらいです」

「レイフォン……」

「指示《しじ》をください。その指示を、僕はできる限《かぎ》り忠実《ちゅうじつ》にこなしてみせます。シャーニッド先輩も、先輩なりになにかを考えてくれてるみたいです。フェリ先輩は……がんばりましょう」

最後は言いよどんで、ごまかし笑いをするしかなかった。

「僕たちが最強の小隊になれるかどうかは、先輩しだいです。だから、僕たちを見捨てないでください」

「ばかな……見捨ててなんて……」

言いかけて、ニーナは口をつぐんだ。

ここ最近の自分の行状《ぎょうじょう》を思い出したのだろう。

自分一人で強くなろうとして部隊を省みなかったのは、たしかに見捨てたと取られてもおかしくない。

「そうだな……反論《はんろん》のしようもないな」

「先輩が強くなりたいのには、何一つ反対はしません。僕にできることがあるならします。僕がやった剄息《けいそく》の鍛錬《たんれん》方法を教えるぐらいですが……それ以上のことは僕から盗《ぬす》めるものだけ盗んでください」

言ってから、レイフォンは気恥《きは》ずかしさにまた笑った。今度はもっと引きつっていたかもしれない。見捨てないでください……まるで、離《はな》れるのを嫌《いや》がる子供《こども》のような気分だ。

それだけ自分は……自分でも気づかないぐらいに十七小隊にいることを気に入っていたのだろうか……？

それとも……彼女を？

ニーナ・アントークと離れたくないのか？

（どうなのかな？）

自分でもよくわからない。

「そうだな……わたしがぐらついていただけなんだな」

ニーナが呟《つぶや》き、レイフォンは考えを止めた。

「わたしたちは仲間なんだ。だから、全員で強くなろう」

それでも、ニーナの瞳《ひとみ》に強い光が宿ったのを見て、うれしくなる自分を否定《ひてい》できなかった。

†

「まるで、遺言《ゆいごん》みたいでしたね」

「え？」

ランドローラーは荒《あ》れ果てた大地を跳《は》ねるように進む。なるべく荒れていない場所を選んで走らせているつもりだけれど、うまくいっているのかどうかはわからない。動かし方は知っているし、グレンダンで訓練を受けてもいたが、ここまで長距離《きょり》を走らせたことはない。タイヤの予備《よび》は後部に一組取り付けてあるけれど、できればタイヤ交換《こうかん》をするような事態《じたい》にはしたくなかった。

すでに陽は完全に沈《しず》んでいた。ランドローラーのライトが前方の闇《やみ》を円形に切り裂《さ》いている。それだけが頼《たよ》りだった。

方角さえ間違《まちが》えなければ辿《たど》り着くだろうから、レイフォンは計器類の間に挟《はさ》まるように取り付けられた方位磁石《じしゃく》を何度も確《たし》かめながら走らせていた。

それにフェリの案内もある。迷《まよ》うようなことはない。

この距離まで手を打たなかったのは、準備期間や移動手段《いどうしゅだん》の限界というのもあるが、レイフォンを情報支援《じょうほうしえん》するフェリの能力《のうりょく》に合わせてというのが最大の理由だ。

そのフェリが言った。

フェイススコープに接続《せつぞく》された念威端子《ねんいたんし》からの声だった。

「病室での言葉……盗み聞きしました」

あっさりと自白したことで、レイフォンは二の句《く》が告げなくなった。

「遺言なんかじゃないですよ」

それでもフェリの言葉をそう笑い飛ばす。

「でも、そう取られてもおかしくないシチュエーションでしたよ?」

「そうかな?」

「そうです」

「でも、負ける気はないですよ」

「死ぬ気はないとは言わないんですね」

「雄性体《ゆうせいたい》って以外はなにもわかってないんだから、仕方ないです。確証《かくしょう》のないことは言えませんよ」

「ほら、やっぱり」

スーツ越《ご》しに唸《うな》りを上げる風を感じる。全身に、ランドローラーの黒い外装《がいそう》に、風に混《ま》ざった汚染《おせん》された砂粒《すなつぶ》がバチバチと音を立ててぶつかる。

皮膚《ひふ》のように薄《うす》いスーツの向こう側は死の世界。

汚染獣《じゅう》以外の生命体はどこにもなく、あるのはただ乾《かわ》ききって鋭《するど》く荒れた大地だけだ。

汚染物質の混じった空気は、触《ふ》れれば火傷《やけど》を作りながら肌《はだ》をぼろぼろに崩《くず》していき、吸《す》い込めば肺《はい》を腐《くさ》らせる。

死しかない場所に生者一人。

場違いな所にいる違和《いわ》感が、レイフォンをずっと襲《おそ》っていた。

こんな場所で何度も戦った。

一人であることを強制《きょうせい》される空間で、都市外装備が破《やぶ》れた段階で劣勢《れっせい》になってしまうような状態で戦い続けた。

都市よりも遥《はる》かに広大な場所にいるはずなのに、息が詰《つ》まるような閉塞《へいそく》感のある場所で戦い続けた。

自分が今現在《げんざい》、本当に生きているのか？　そんな生命体にとって当たり前の感覚すら見失いそうになる。

その中で自分を動かすのは使命感だけだった。

だから、戦いに望む時は自分の生命なんてものは一番遠く、遥《はる》か彼方《かなた》にあるような感覚になる。なるようにした。

「遺言のつもりはないですよ」

繰り返す。

「本当に？」

「本当に」

「フォンフォン……」

危《あや》うく、転倒《てんとう》するところだった。

「それ、本気で決定ですか？」

空気に似合《にあ》わない呼《よ》び名に狼狽《ろうばい》しながら、レイフォンはなんとかランドローラーを立て直した。

「決定です」

冷たい声には頑固《がんこ》さが宿っていた。

「やめません？」

「いやです。……思い出したのですが、あの時の話題はわたしの呼び名を決めるものだったはずです。どうしてフォンフォンしか決まってないのでしょう？」

「……僕《ぼく》に聞かないでください」

フォンフォンだってなかったことにしたいのに。

「ああ……思い出しました。兄が来たからですね。どこまでもわたしの邪魔《じやま》をします。血も涙《なみだ》もない兄の非情《ひじよう》さこそがわたしの不幸の元凶《げんきよう》ですね。さっさと横領《おうりよう》かなにかが判明《はんめい》して退学《たいがく》にならないものかと毎日祈《いの》っています。革命《かくめい》もいいですね。その時はフォンフォンには革命軍の尖兵《せんぺい》になってもらいます。旗はわたしが持ちますね」

「何の話をしてるんですか……」

「だから、わたしの呼び名の話です」

フェリの平然とした顔が脳裏《のうり》に浮かんだ。

「決めてください」

「今ですか？」

「退屈《たいくつ》なんです。会話の相手になってください。それともすぐに小粋《こいき》なジョークが話せたりするんですか？」

確かに、目的の岩山に辿《たど》り着くまでにはまだ時間がある。

「いや、できませんけど……」

「しないでください。シャーニッド先輩《せんぱい》と一緒《いっしょ》になられても困《こま》ります」

「……どうしろと？」

「考えてくれればいいんです」

「むう……」

「ほらほら……」

急《せ》かされて、レイフォンは頭を悩《なや》ませた。

とりあえず、思いついたままに言ってみることにした。

「……フェリちゃん？」

「小さい頃《ころ》から言われ慣れてます。創造性《そうぞうせい》の欠片《かけら》もありません。却下《きゃっか》」

「フェリっち」

「ばかにされてる気がします。却下」

じゃあメイシェンのメイっちはどうなるんだとは言わなかった。なにしろ、レイフォンも最近ではメイっちなんて呼ばずにメイと呼んでいるし。そもそもナルキだってそう呼んでた。いや、しかしそれとこれとでは問題が違うような……

「フェリちょん」

「意味あるんですか？　却下」

「フェリやん」

「わたしは面白話《おもしろ》なんてしません。却下」

「フェリりん」

「わたしに笑顔を振《ふ》りまけと？　却下」

「フェリフェリ」

「二番煎《せん》じは嫌《きら》いです。却下」

「フェッフェン」

「奇怪《きかい》な笑い声みたいです。却下」

「フェルナンデス」

「誰ですか？　却下」

「フェリたん」

「死にますか？　却下」

「……すいません、降参《こうさん》です」

「試合放棄《ほうき》は許《ゆる》しません」

どうしろと……レイフォンは頭を抱《かか》えたくなった。

そもそも、愛称《あいしょう》というのは往々《おうおう》にして名前を短縮《たんしゅく》、場合によってはさらに変形させるのがほとんどだ。後は似《に》ているものに譬《たと》えるとか……

「………」

「なんですか？」

「なんでもないです」

冷血人形と言おうとして、やめた。間違いなく悪口の類《たぐい》だ。

「ほら、考えてください」

フェリに急かされて、レイフォンは頭の中が石になった気がした。なにも出てこない。

そもそも、短縮《たんしゅく》しようにもフェリという名前は短すぎる。

（フェ？　……なんだそれ？）

短縮したらもうなにがなんだかわからない。ナルキにならってフェッキ？　やっぱり「なんだそれ？」だ。

「ほらほら、どうしました？」

「フェリ」

やけ気味に言ってみた。短縮もなければ変形もない。なにかに譬えたわけではない。素《す》の名前だ。

ぶっきらぼうな言い方になったかもしれない。それでも他になにも思い浮かばないのだから仕方がない。

(これでどうだ!?)

「…………」

沈黙《ちんもく》が間に挟《はさ》まった。

「あれ?」

「…………もう一度、言ってみてください」

「ええと……フェリ」

「ふむ……」

映像《えいぞう》もないのにフェリの顔が浮かんだような気がした。右手が顎《あご》にあり、左手はその肘《ひじ》に、少し首を傾げた感じでどこか茫漠《ぼうばく》とした瞳《ひとみ》が宙《ちゅう》を撫《な》でるように見上げる……そんな絵が浮かぶ。

「創意工夫《そういくふう》の欠片もなく、ひねりもなく、先輩に対する敬意《けいい》もなく、わたしに対する親愛の情もない。そもそも呼び名ではない」

ないない尽《づ》くしでついでに容赦《ようしゃ》もない言い方だ。

これもだめか……なら……

もう考えるしかなく考えようとしていたレイフォンに、次の言葉は驚《おどろ》きだった。

「仕方ありません、これでいいです」

「え？」

解放された喜びよりも、驚きの方が勝った。

「ただし、もっと親愛の情をこめること。先輩に対する敬意はいりません。というか、先輩を後に付けないように、あくまでも呼び捨て、いいですか？」

「は、はあ……」

「では、フォンフォン。もう一回言ってみてください」

「あ、はい。……フェリ」

「けっこうです」

ようやく、ほっと胸《むね》を撫で下ろした。

と……

「では、約束です」

「……はい？」

「今後はわたしを呼ぶ時はそれで通してください。いいですね？」

「ええと、それはみんながいる時もですか？」

「当たり前です」

「じゃあ、フォンフォンも？」

「当たり前です」

「すいません、勘弁《かんべん》してください」

小隊で訓練してる時や、学校で不意に出会った時に……どこに誰《だれ》がいるかもわからない時にフォンフォンと呼ばれてしまう……

(だめだ……だめだめだ)

恥《は》ずかしさで死ねる。

「仕方ありませんね、では、フォンフォンはわたしたちだけの時でいいです」

今度こそ、全身から力が抜けた。

「その代わり、約束が増《ふ》えます」

「はい。任《まか》せてください」

聞く前から承諾《しょうだく》した。みんなの前でフォンフォンと呼ばれるぐらいならどんなことだって呑《の》めると思った。

「帰ってきたら、ちゃんとそう呼んでください」

「………」

「約束しましたよ」

その言葉を最後に、フェリの口数は一気に減《へ》った。

日の出前に仮眠《かみん》を取った。揺れだけが体の中でいまだに木霊《こだま》しているような感覚を貼《は》り付けたまま、ランドローラーの上で横になり、目を閉《と》じる。

風も今は止《や》み、静まり返っていた。念威端子《ねんいたんし》の向こうのフェリはどうしているのか、向こうから話しかけてくることはなかったし、こちらから話しかけることもなかった。

本当に静かだった。

音までも死んでしまったかのようだ。わずかに身じろぎした時に外装《がいそう》にぶつかる錬金鋼《ダイト》の音だけが鼓膜《こまく》を揺らす。

自分だけが生きているような感覚がまた強くなる。

そんなことはないとわかっていても、そう思わざるをえない。すぐ側に誰かがいるわけでもなく、誰かが助けてくれるわけでもない。生者の住むツェルニは遥《はる》か後方だ。他の都市がどこにあるのかなんて、レイフォンにはわからない。

リーリンはどうしているのだろう？

ふと、考えた。

幼生《ようせい》の一件《けん》から、リーリンには一度手紙を書いたきりだ。なんとなく、向こうの返事を待っていた。その返事はまだない。前の手紙が来た時の間隔《かんかく》からしたら、それは別におかしなことではない。この間の放浪《ほうろう》バスが手紙を運んでこなかったのだから、届《とど》くのはまだ先なのだろう。

あの手紙には、今の自分を素直に書き出した。

学校に来てすぐに武芸科《ぶげいか》に転科させられたこと、小隊に入ったこと、そして幼生と戦ったこと……

自分が武芸を捨てられないでいること。

リーリンはどう思うだろう？　仕方がないなぁと苦笑《くしょう》するか、それともそれ見たことかと顔を真っ赤にして説教してくるか……

二重に巻《ま》いた剣帯《けんたい》が揺れて、錬金鋼《ダイト》がカチャカチャと鳴る。

（……けっこう、寂《さび》しがりやだったんだな、僕って）

しみじみとそう思った。学校に来てすぐは毎週のように書いていたリーリンへの手紙を書いていない。学校生活は、すでに新鮮《しんせん》さを欠きはじめていたから書くようなことがないというのもあるし、自分が手紙を書くほどにリーリンからの手紙が来ないというのにも、自分とリーリンとの温度差のようなものを感じてしまった。

あの日の手紙以来、リーリンから手紙が届かない。

(やっぱり、この距離《きょり》はそういうものかな)

他都市との定期的な交流が不可能《ふかのう》な現在《げんざい》、レイフォンの手紙が向こうにきちんと届いているのかどうかも怪《あや》しい。リーリンが手紙を書いてくれていないと思っているわけじゃない。都市同士の繋《つな》がりの危《あや》うさ、その原因《げんいん》のただなかにいま自分がいるということ、そして、こんな時しかリーリンのことを考えない自分……それらが相まってそう思わせた。

リーリンと会えない寂しさをこの都市で出会った全員で埋《う》め合わせているのか？

違《ちが》う、と思う。

埋め合わせたのではなくすり替《か》わったのだと感じる。リーリンに会えないという事実はそのままに、ただそのことを寂しいと感じる暇《ひま》がないほどにこの学校での生活はめまぐるしい。

それがツェルニでのレイフォンなのだろうと思う。グレンダンほどに切迫《せっぱく》した気分にならなくていいのは、良いことなのかもしれない。

(悩《なや》み事はたくさんあるし、やってることは変わってないはずなんだけどな)

そしていま、その生活の一部としてレイフォンはここにいて、また普段《ふだん》の生活から隔絶《かくぜつ》された孤独《こどく》の中にいる。

錬金鋼が、またカチャリと鳴った。外装を砂粒《すなつぶ》が打つ。

風が出てきた。

ヒョオと吹き抜けていく風の音を聞きながら、レイフォンは浅い闇《やみ》の中に意識《いしき》を沈《しず》めた。

†

わずかに時間をまき戻《もど》し、レイフォンが出発して後。

カチャリと音を立てて、ドアが開いた。

「よっ、ニーナ。元気？」

「病人に尋《たず》ねる質問《しつもん》ではないと思うが？」

「まったくもってその通り」

軽薄《けいはく》な笑いを振《ふ》りまき、廊下《ろうか》を通りがかった看護師《かんごし》に片目《かため》を閉じて見せながら、シャーニッドが病室に入ってきた。その後ろにハーレイが続く。

休日の昼前の時間だ。ニーナは手にした本を傍《かたわ》らに置いた。

「なに読んでんだ？　って、教科書かよ。しかも『武芸教本Ⅰ』って……なんでんなもんをいまさら？」

シャーニッドの腰《こし》で二本の錬金鋼《ダイト》が揺《ゆ》れているのを確認《かくにん》しながら、ニーナは頷《うなず》いた。

「覚えなおさなくてはいけないことがあったからな」

「はは、ぶっ倒《たお》れても真面目《まじめ》だねぇ」

シャーニッドが呆《あき》れた様子で肩《かた》をすくめる。

「それよりも、今日は試合だろう？　見に行かなくていいのか？」

「気になるんなら、後でディスクを調達してやるよ。こっちはいきなりの休みでデートの予定もなくて暇なんだ」

なら、試合を見に行けばいいだろうとは、ニーナは言わなかった。シャーニッドの後ろでハーレイが苦笑《くしょう》を浮かべている。その笑みがなぜか精彩《せいさい》を欠いているような気がして、ニーナは首を傾《かし》げた。

「しっかし、過労《かろう》でぶっ倒れるとはね。しかも倒れてなお真面目さを崩《くず》さんときたもんだ。まったくもって我《われ》らが隊長殿《どの》には頭が下がる」

「……すまないとは思っている」

うなだれようとするニーナに、シャーニッドはいやいやと言った。

「いまさら反省なんざしてもらおうとは思ってねぇって。そんなもんはもう、散々にしてるだろうしな。……それにな、今日は別の話があって来たわけ。悪いけど、見舞《みま》いは二の次なのよ」

「別の話？」

シャーニッドが、何のつもりか錬金鋼を抜き出した。

「一度は小隊から追っ払われた俺《おれ》が言うのもなんなんだけどな……」

手にあまるサイズの錬金鋼を両手で器用に回しつつ、シャーニッドは続ける。

「隠《かく》し事ってのは誰にでもあるもんだが、どうでもいいと感じる隠し事とそうじゃないってのがあるんだわ。どうでもいい方なら本当にどうでもいいんだが、そうでもない方だと……な」

早業《はやわざ》だった。

誰も反応《はんのう》のできない速度で戦闘状態《せんとうじょうたい》に復元《ふくげん》させた錬金鋼を、二丁の銃《じゅう》の片方《かたほう》を背後《はいご》にいたハーレイに向けたのだった。

「シャーニッド！」

ニーナが叫《さけ》ぶ。シャーニッドは変わりのない笑みを浮かべ、ハーレイは突然《とつぜん》のことに硬《こう》直《ちょく》していた。

「そんなもんを持ってる奴《やつ》が仲間だと、こっちも満足に動けやしない。背中《せなか》からやられるんじゃないかと思っちまう。例えばいまだと、こいつが暴発《ぼうはつ》するんじゃないか……とかな」

シャーニッドの目が、ハーレイの額《ひたい》に押《お》し付けた錬金鋼に注がれる。

それは、ハーレイに疑《うたが》いを持っているということなのか？

「ばかな」

ニーナが吐《は》き捨《す》てる。

「ハーレイはわたしの幼馴染《おさななじみ》だ。こいつがわたしを裏切《うらぎ》るようなことをするはずがない」

「俺だってこいつの腕を疑ってるわけじゃない。裏切るとか思ってるわけじゃない。だがな、たぶん、仲間はずれなのは俺たちだけなんだぜ」

「なに？」

話の繋《つな》がりがわからず、ニーナはハーレイを見た。ハーレイの強張《こわば》った表情に、どこか諦《あきら》めのような色が混《ま》じっていた。

「ハーレイ？」

「……ごめん」

「お前がこの間からセコセコと作ってた武器、あれはレイフォン用なんだろ？　あんなばかでかい武器、何のために使う？」

そういえば……とニーナはハーレイがなにやら大きな模擬剣《もぎけん》を訓練場に持ってきていたのを思い出した。

シャーニッドに言われるまで、それに疑問を持つこともなかった。それだけ、ここしばらくは自分のことで頭がいっぱいだったのだ。

「ばかっ強いレイフォンにあんな武器を持たせてなにやらかすつもりだ？　大体の予想はついてるし、だからこそフェリちゃんもそっち側だって決め付けてんだが、できることならお前の口から言って欲《ほ》しいよな」

シャーニッドが促《うなが》す。

ニーナは黙って……口を出すこともできずに事態がどう進むのかを見守るしかなかった。

「ごめん」

ハーレイが再《ふたた》び謝《あやま》り、唇《くちびる》が閉じられた。

微《かす》かに震《ふる》えている唇がもう一度開くまで、ニーナは自分が息をしているのかどうかもわからなかった。

そして、その内容《ないよう》を聞いている時も。

しばらくして後……

昼食を運んできた看護師《かんごし》が部屋に誰もいないのを見て、あわてた様子で廊下《ろうか》に出て行った。

†

昼を少し過《す》ぎた頃《ころ》、目的地に到着《とうちゃく》した。

ゼリー状《じょう》の携帯食《けいたいしょく》をストローで飲んで食事を済《す》ませ、先行したフェリの端子が送ってくる情報を確認《かくにん》する。

目の前の天を突《つ》く岩山には、潰《つぶ》されてしまいそうな存在《そんざい》感がある。

映像《えいぞう》がフェイススコープに送られてきた。

岩山に貼《は》り付くようにして汚染獣《おせんじゅう》がじっとしている。二枚目《まいめ》の写真とほぼ同じ姿勢《しせい》だ。胴体《どうたい》がわずかに膨《ふく》らんでいるが、頭から尻尾《しっぽ》まで蛇《へび》のように長い。胴体部に二対の昆虫《こんちゅう》のような翅《はね》が生《は》えている。澱《よど》んだ緑色の筋《すじ》が幾本《いくほん》も走った翅はあちこちが破《やぶ》れ、風を受けて時折揺《ゆ》れていた。

とぐろを巻《ま》いた胴体のあちこちに節のある足が生えている。足の先にある爪《つめ》は岩肌《いわはだ》に引っかかっていない。退化《たいか》しているのか、足としての用を成していないように見えた。

頭部の左右にある複眼《ふくがん》に目をやる。緑色の複眼は、白い膜《まく》のようなものがかかって、うすらぼけていた。

人間が……汚染物質よりもはるかに栄養価《えいようか》の高い餌《えさ》がそこにあるというのに反応《はんのう》を見せる様子がない。

まるで死んでいるかのようだ。

しかしそれなら、ひしひしと肌をひりつかせるこの存在感は……？

「どうですか？」

フェリの声が耳に響《ひび》いた。

「四期か五期ぐらいの雄性体ですね。足の退化具合でわかります」

「そういうものなのですか？」

「汚染獣は脱皮《だっぴ》するごとに足を捨てていきますから……あ、雌性体《しせい》になるなら別ですよ、あれは産卵期《さんらんき》に地に潜《もぐ》りますから」

レイフォンはランドローラーを降《お》り、腰の剣帯から錬金鋼《ダイト》を二本抜き出した。

右で複合錬金鋼《アダマンダイト》を握《にぎ》る。

「老性体になった段階で足は完全に失われます。この状態を老性一期と呼んでます。空を飛ぶことに完全に特化した形になります。もっとも凶暴《きょうぼう》な状態でもあります。そこから先、老性二期に入ると、さらに変化は奇怪《きかい》さを増《ま》します。姿《すがた》が一定じゃなくなる」

「フォンフォン？」

ランドローラーの上で固まっていた体をゆっくりとほぐす。

いまさら、焦《あせ》ることに意味はない。

徐々《じょじょ》に体に活勁《かっけい》を流していく。体を慣《な》れさせる。

「姿が一定でなくなるのと同じように、強さの質も同じではなくなります。本当に気をつけるべきなのは老性二期からです。そこまでなら、今までと同じ方法で対処《たいしょ》できる」

「どうしたのですか？」

フェリの声に戸惑いが滲《にじ》んでいた。レイフォンは無視した。

「めったに出会えるものじゃない、だから気をつける必要なんてないのかもしれない。気をつけようもないのかもしれない。でも、知っているのと知らないのとでは違いがある。知っておけば何かできるかもしれない。老性二期からは単純《たんじゅん》な暴力で襲ってこない場合もあるっていうことを」

「フォンフォン……なにを言っているんですか？」

「遺言《ゆいごん》になるかもしれない言葉です」

ピシリと音がした。

空気にひびが入ったかのような、大きな癖《くせ》にどこかひそやかさを秘《ひ》めた音だった。

肌をひりつかせていた存在感《そんざい》が、突《つ》き刺《さ》さるような痛《いた》みに変わった。

音の元は、汚染獣だった。

穴《あな》の開いていた翅が音を立てて崩《くず》れ始めた。

胴体を覆《おお》っていた鱗《うろこ》のような甲殻《こうかく》が一枚《まい》一枚剝《は》げ落ちていく。

複眼が丸ごと外れ、岩山の斜面《しゃめん》を跳ね落ちていく。

フェリの声が、ひび割れる音に混じった。

「報告《ほうこく》が入りました。……ツェルニがいきなり方向を変えたと、都市が揺れるほどに急激《きゅうげき》な方向転換《てんかん》です」

「やっぱり……」

ツェルニが進路を変更《へんこう》しなかった理由がこれではっきりした。気づいていなかったのだ。

あるいは死体があるとしか思わなかったのだろう。

そうではないと気づいて、急な進路変更を行っているのだ。

「フォンフォン……これは……」

「脱皮です。見たのは初めてだけど間違いない」

「ツェルニが方向を変えたのです……逃《に》げてください！」

フェリの悲鳴をレイフォンは無視《むし》した。

「レストレーション01」

復元鍵語《ふくげんけんご》を唱える。左手の錬金鋼《ダイト》が復元した。青石錬金鋼《サファイアダイト》の剣身が空気を裂《さ》く。

「いまさら遅《おそ》いですよ。こいつは、待っていたんです。脱皮の後は……汚染獣《おせんじゆう》としての本《ほん》能《のう》から変質《へんしつ》させる脱皮は、おそらくは普通《ふつう》の脱皮よりも腹《はら》が減《へ》る。だから、餌が近づくまで脱皮をぎりぎりまで抑《おさ》えていたんだ。老性一期が凶暴なのは、とても腹が減っているからだ」

もう逃げられない。逃がさない距離《きょり》まで人の臭《にお》いが近づくのを待っていたのだ。

だから、レイフォンは身構《みがま》える。全身を走る活剄の勢《いきお》いと密度《みつど》を上昇《じょうしょう》させる。

岩山に貼り付いた汚染獣の背が真っ二つに割れた。

二つに割れた背からどろりとした液体《えきたい》がこぼれ出た。それは岩山の斜面を幾筋《いくすじ》もの川を作って流れ落ちてくる。

吠《ほ》え声が空気を重く揺すった。誕生《たんじょう》の産声《うぶごえ》か、抜け殻《がら》を割って、背を仰《の》け反《ぞ》らせて、白く濡《ぬ》れた新しい翅《はね》を広げていく。

赤味の強い虹《にじ》色が空を染《そ》めた。翅の色だ。

細長い抜け殻を抜けて現《あらわ》れた胴体《どうたい》が縮《ちぢ》まっていく。殻のぶつかり合う音が産声にリズムを与《あた》えた。

頭部を覆っていた液体が一塊《ひとかたまり》になって落ちる。現れたのは昆虫めいていた前のものと違う。長く飛び出した顎《あご》、零《こぼ》れた鋭《するど》い牙《きば》の列、より人間めいた瞳《ひとみ》はサファイアの光を湛《たた》え……爬虫類《はちゅうるい》に似《に》ていた。

「老性一期……覚えておいてください。都市が半滅《はんめつ》するのを覚悟《かくご》すれば、勝てるかもしれない敵《てき》です」

復元させた錬金鋼《ダイト》の柄尻《つかじり》に右手の錬金鋼を合わせる。カチリと音がして錬金鋼は柄尻同士で繋《つな》がった。

右手で握《にぎ》りなおし、走る。

内力系《けい》活剄が変化……旋剄《せんけい》。

両足を活剄で集中強化。突風と化して直進したレイフォンは岩山を跳ね登る。

汚染獣が翅を震わせた。全身にまとわり付いていた液体が散らされ、周囲に虹が現れる。ツェルニから流れる無数の人の臭いを捉《とら》えているのだろう。鼻先はまっすぐにレイフォンの後方に向けられた。

「行かせるか……レストレーション02」

陽光を蒼《あお》く跳ね返していた剣身が分解《ぶんかい》した。繭糸のようによじれ絡《から》み合って剣身の形を作っていたものが霧散《むさん》して大気に溶《と》ける。鋼糸《こうし》となったのだ。

鋼糸は音もなく汚染獣に殺到《さっとう》し、その全身に絡みつく。

なおも上昇を続ける汚染獣に遅滞《ちたい》はない。

大きさに違いがありすぎるのだ。

抑えられるはずもなく、レイフォンの体が持ち上げられる。

つま先が地面から離《はな》れようとするのに、レイフォンは抵抗《ていこう》しなかった。

宙吊《ちゅうづ》りの状態になる。

(リンテンスならこの状態で翅を切れるんだろうけど……)

さすがに幼生《ようせい》の甲殻のように柔《やわ》らかくはない……そう思ったのをニーナたちに知られればどう思われるか……思考が横道にそれたのを修正《しゅうせい》しながら、レイフォンは翅に鋼糸を巻きつけるべく意識《いしき》を集中した。

激《はげ》しい震動《しんどう》が腕《うで》を襲う。翅の高速運動が鋼糸を弾《はじ》いたのだ。

「やっぱり、だめか」

巻きつけることさえできない。根元ならばと思ったがそんなことを悠長《ゆうちょう》に試している暇はない。汚染獣は完全に宙に浮き、いまにもツェルニに向かって飛び出そうとしていた。

鋼糸の束を二方向に分散させる。片方《かたほう》は汚染獣に巻きつけたまま、もう片方は岩山へと。

「まずは地に落とす」

汚染獣《おせんじゅう》が苦痛《くつう》の咆哮《ほうこう》を上げた。首が仰《の》け反《ぞ》り全身がうねって翅《はね》はより激しく動いたのだが、これ以上、上昇することができなかった。

代わりに、岩山が激しく鳴動している。

レイフォンはいまだ基礎《きそ》状態の複合錬金鋼《アダマンダイト》を外すと、それだけを持って体を捻《ひね》らせ、宙で回転した。着地した先はわずかに上空……空中だ。鋼糸の上だった。

そのまま軽業師《かるわざし》も青くなるような速度で鋼糸の上を疾走《しっそう》する。

しながら、剣帯に残っていた錬金鋼《ダイト》を抜き出しては、複合錬金鋼に取り付けられたスリットに差し込んでいく。

三本目が穴を埋めたところで……

「レストレーション、AD」

唱え、剄を走らせる。

腕の中で、全身で、重さが爆発《ばくはつ》した。足下《あしもと》の鋼糸がたわみ、レイフォンは反動を利用して跳躍《ちょうやく》。回転しながら汚染獣の背中に向かっていく。

レイフォンの手の中に一振りの巨刀《きょとう》が誕生していた。

三本の種類の違う錬金鋼を……すでにして合成された存在《そんざい》である錬金鋼をさらに合成する。それ自体は、いままでも決して不可能《ふかのう》なことではなかった。

だが、出来上がるのはどうということもない、普通の、種類が違うだけの錬金鋼《ダイト》だ。

それを三種の錬金鋼の長所を完全に残した形で合成させた。

レイフォンの握っている複合錬金鋼はそれを可能とする触媒《しょくばい》としての役割《やくわり》を持っている。

決定的な短所は、三種の錬金鋼の持つ、復元状態《ふくげんじょうたい》での基礎密度と重量を軽減《けいげん》させることができなかったということだ。レイフォンの手には今、複合錬金鋼も合わせて四つの武器《ぶき》が握られているのに等しい状態にある。

普通ならばその重さに翻弄《ほんろう》されるところだ。

背中に着地したレイフォンは、左腕に絡めた一本の鋼糸に意識を走らせ、岩山に巻《ま》きつけていた鋼糸を外す。

腕に巻きつかせて回収《かいしゅう》しながら、刀を引きずるようにして走る。

狙《ねら》いは、翅だ。

左の翅を目指す。巻き起こる暴風がレイフォンを吹《ふ》き飛ばそうとするが、旋剄を使って切り抜ける。

下げていた刀を振り上げる。斬線《ざんせん》は斜《なな》めに走った。

赤の虹《にじ》が散った。翅の色だ。

翅にまで神経《しんけい》はないだろうが、バランスを失ったことで汚染獣は再《ふたた》び悲鳴を上げた。

背中の上で、レイフォンは汚染獣の体が斜めに傾《かし》ぐのを感じた。

左手を刀から離す。鋼糸とともに錬金鋼が戻《もど》ってきた。握り締《し》め、左腕に巻きついた鋼糸を解放《かいほう》するとともに、汚染獣の背中から避難《ひなん》する。

跳躍。そして落下。落下の勢《いきお》いを殺すために鋼糸を飛ばそうにも今の自分よりも高い位置にあるものはなかった。

錬金鋼を再び柄尻で繋《つな》げ、刀を振り回す。複合錬金鋼の重さを利用し、落下の勢いを殺しつつ汚染獣からなるべく離れた場所を目指す。

地面が爆発するような音が先にした。

汚染獣が先に墜落《ついらく》したのだ。

地面を撫《な》でる爆発のような風が、レイフォンを受け止めた。流されないようにしながら、着地。

もうもうたる土煙《つちけむり》の中から悶《もだ》えるように汚染獣が顔を出した。

目は怒《いか》りで真っ赤に血走っている。

その瞳《ひとみ》がレイフォンを捉えた。

食事を邪魔《じゃま》した、小さな生き物を凝視《ぎょうし》した。

凶悪《きょうあく》な飢餓《きが》感と怒りが凝縮《ぎょうしゅく》された視線は、それだけで心臓《しんぞう》が止まってしまいそうだ。

「翅が再生《さいせい》するのにどれくらいかかる？　二日か？　三日か？　それだけあればツェルニも十分に逃《に》げられるだろうな……」

呟《つぶや》きながら、レイフォンは遮断《しゃだん》スーツの内面を伝う湿気《しっけ》を感じていた。

全身に汗《あせ》が噴《ふ》いていた。

汚染獣の……老性体の放つ殺意がそれだけ凄《すさ》まじいというのもある。

しかしそれ以上に、その翅を断《た》つのにそれだけの集中力を必要としていた。

「お前が餓死するのにどれくらいいる？　一週間か？　一月か？　いくらだって付き合ってやるぞ」

老性体へと脱皮《だっぴ》したことで体内に貯蓄《ちょちく》されていた栄養素は全《すべ》て使われてしまったことだろう。その上で再生にまで体力を使っていては、たとえ汚染獣でも汚染物質《ぶっしつ》だけで生きていくことはできない。

レイフォンに逃げるという選択肢《せんたくし》はなかった。そんな気を見せた途端《とたん》、生への執着《しゅうちゃく》が顔をもたげる。それは戦いへの姿勢《しせい》の崩壊《ほうかい》を示《しめ》す。必ず隙《すき》が生まれ、その隙に汚染獣の牙《きば》は間違いなく食いこんでくるだろう。

土煙を払《はら》い、さらに新しい土煙を撒《ま》き散らしながら、汚染獣が身をくねらせてレイフォンに迫《せま》ってきた。脱皮を繰り返すごとに足を退化《たいか》させていく汚染獣、その老性体に足はない。しかし、足がないからといって地上での動きが遅《おそ》くなるわけでもない。汚染獣の動きは蛇《へび》のごとく、土煙を左右に振りまきながら、滑《すべ》るようにやってくる。武器は牙だけではない。その質量もまた武器だ。鱗《うろこ》の一つ一つは硬《かた》く、また鋭い。あの勢いに跳ねられれば、レイフォンの体は無残に引きちぎられるだけだろう。そうでなくとも、ただ掠《かす》るだけでも、その瞬間《しゅんかん》にレイフォンを汚染物質から守るスーツが破《やぶ》れる。

空中から地上へ、たった一つ相手の優位《ゆうい》を奪《うば》っても、まだまだ劣勢《れっせい》だ。

「フォンフォン……」

耳元にフェリの言葉が掠めたが、それ以上なにか語りかけてくることはなかった。

レイフォンは迫り来る死の圧力《あつりょく》の中に飛び込んだ。

†

『彼なら大丈夫《だいじょうぶ》。そう思ってた……新しい錬金鋼の開発に熱中していて考えが足りなかったのは認《みと》めるよ。だけど、大丈夫だって思ってたのも本当なんだ』

ハーレイの言葉がニーナの頭の中を巡《めぐ》る。

ランドローラーの走る音が、全身を揺《ゆ》さぶる。

遮《さえぎ》るものなく降り注《ふ》ぐ陽光が全身をあぶる。肌寒《はださむ》い気温のはずなのに熱いと感じるのは遮断スーツのためだろうか。

サイドカーの中で身じろぎもできないことがこうももどかしいとは……

『だけど、あの姿《すがた》を見て、間違っているのかもしれないと思った。レイフォンは、なんだか……とても厳《きび》しい顔をしていた。当たり前だよね、そんなことは。汚染獣と戦うんだ、一人で……そんなことは当たり前なんだけど、でも、それだけじゃないような気がした』

ランドローラーは走る。

運転しているのはシャーニッドだ。改良されたスーツは一着しかなく、ニーナたちは旧《きゆう》型のゴテゴテとしたものを着ていた。一度都市外実習で着たことがあるが、動きが鈍《にぶ》くなると武芸科の全員の不興を買ったものだが、そんなものでもあるだけましなのだろう。

それに、多少動きやすかったとしても、いまのニーナになにができるのだろう？

病院でハーレイから事情《じじよう》を聞いたニーナは、その足でカリアンのもとへ行った。生徒会長室でいつものように執務《しつむ》をこなしていたらしいカリアンは、後ろ暗さのまったくない顔でニーナたちを迎《むか》えた。

「どういうことですか？」

怒りを押し殺した声も平然と受け止められてしまう。

「どうもこうもない、戦闘《せんとう》での協力者をレイフォン君自身がいらないと言ったんだよ。私は、彼の言葉を信じた」

「信じるのと放置するのは違うでしょう！」

机《つくえ》を思い切り叩《たた》く。カリアンの前に置かれた書類がわずかに宙《ちゅう》に浮《う》き、ペン立てが揺れた。書類のすぐそばに置かれていたペンが転がる。

痛《いた》くなったのは自分の手だけだ。

「……近づかせるな、とも言われたのでね」

「え？」

転がり落ちそうになるペンを拾い上げ、カリアンは指で器用に回した。

「汚染獣《おせんじゆう》との戦いは相当に危険《きけん》なのだそうだ。どう危険なのかは武芸者ではない私には理解が及《およ》ばないが、安全というものを求めた瞬間に死ぬのだそうだ。そんな戦場に、安全地帯で控《ひか》えている者なんて必要ないと、彼は言った。汚染獣と都市外で戦う時は、無傷《むきず》で戻《もど》るか、それとも死ぬかのどちらかしかないと、そう思っておいた方がいいと……」

ニーナは息を呑《の》んだ。呑むしかなかった。

そんな場所でレイフォンは一人……

叩きつけたままだった拳《こぶし》を握《にぎ》り締《し》めた。

筋肉痛《きんにくつう》の名残《なごり》はまだある。正直、健常《けんじょう》とは言い難《にく》い。剄《けい》を出そうとすれば腰《こし》の下辺りが激しく痛むので、武芸者としてはまるで使い物にならない。

そんな状態《じょうたい》で、何を口走ろうとしている？

でも、止められない。

「わたしを行かせてください」

「行ってどうするのだね？」

カリアンの質問は妥当《だとう》なものだった。

「君の体調は知っている。知っていなくても、そんな青い顔をしている生徒を危険な場所に行かせようなんて、責任者《せきにんしゃ》として許可《きょか》できるものではないが？」

「あいつは、わたしの部下です」

ニーナは即答した。

「そして仲間です。なら、ともに戦うことはできなくとも、迎《むか》えに行くぐらいはしてやらなくては……」

なにができる？　そんなことはわからない。

だが、ニーナが仲間と言った時、レイフォンは本当に嬉《うれ》しそうな笑《え》みを浮かべたのだ。

「ふむ……いいだろう。ランドローラーの使用許可《きょか》を出すよ。誘導《ゆうどう》の方は妹に任《まか》せよう」

「ありがとうございます」

「ただし、生きて帰りたまえ。無理だと判断《はんだん》したなら逃《に》げたまえ」

「……逃げません」

「この学園を生かすために、君たちは必要な人材だよ」

「レイフォンもそうです」

これ以上の問答は無用。ニーナは生徒会長室を飛び出した。


そして今、ランドローラーに乗っている。

なにができるだろう？

この疑《ぎ》問《もん》はいまでも頭の中にある。一人で突《つ》っ走って自滅《じめつ》したニーナに、自分たちがいると言ったのはレイフォンなのだ。

つい先日のことだというのに……

それなのに、レイフォンはただ一人で、なにも言わずに汚染獣との戦いを考え続けていた。そんな彼に自分はなにができるのだろう？

実力が違う。経験《けいけん》が違う。

小隊のことと、汚染獣のことは違うのかもしれない。きっと、そうなのだろう。

それでも、なにも知らないままに過《す》ごすことはできない。

シャーニッドが言ったではないか、隠《かく》し事には気になるものとならないものがある、と。

これは気になる隠し事だ。

なら、知らなくてはいけない。知られたくないことではないはずだ。

(お前に生きていて欲《ほ》しいのは、わたしたちだけではないだろう?)

あの手紙の主だってそうだろう。安堵《あんど》と心配と嫉妬《しっと》の入り混《ま》じったあれを読めば、手紙の女性がレイフォンに好意を寄せているのは明らかというものだ。

そんな者たちをおいて、生きるか死ぬかのどちらかしかない場所に一人で赴《おもむ》くレイフォンはなにを考えているのか……?

(もしかして、これが彼女の手紙にあった〝区別〟という奴《やつ》だろうか?)

そう思うとまた胸《むね》が痛《いた》む。武芸《ぶげい》を捨《す》てなかったことは嬉しいが、グレンダンにいた頃《ころ》のレイフォンでいて欲しいわけではないと言ったリーリンの真意はこれなのだろうか?

そう考えると、胸がきりりと締め付けられた気がした。

(ええいっ!)

胸の違和《いわ》感を振《ふ》り払《はら》う。知りたいのは彼女がどれだけレイフォンを知っているかではなく、レイフォンの今の行動の真意がまさしくその通りなのかどうかだ。

生きるか死ぬかの場所に一人赴く。

たとえそれが、武芸者として生まれた者の逃《のが》れられない宿命だとしても。

知らなければ、これからどうしていいのかわからなくなる。

（あいつがなにを考えているのか……）

そして……

（それを知って、わたしがどうしたいのか？）

知らなければ、動けない気がした。

これから先のことなのか、それとも、いまの自分がなのか……それは判然としないままだが。

「……じきに、着きます」

フェリの声が耳に響《ひび》く。

いつもの感情のない淡々《たんたん》とした声に憔悴《しょうすい》の影《かげ》が見えた。

こんな距離《きょり》まで念威能力《ねんいのうりょく》を及《およ》ぼすことができるとは思えなかった。それもまた、自分がどれだけ隊員のことを把握《はあく》していないのか思い知らされた気がした。

（そのことは後だ……）

「どうした？」

「おい、あれ……」

フェリがなにかを言う前に、シャーニッドが口を開いた。顔を揺らして前方を示《しめ》す。しかし、活剄《かっけい》で視力《しりょく》を強化できないニーナにはまだなにも見えない。ただ、もうもうたる砂《すな》煙《けむり》が行く手を塞《ふさ》いでいた。

砂煙の中に飛び込む。

しばらくして、その様相を目撃《もくげき》することになった。

大地がかき回されている。

荒《あ》れ果てた大地を目の粗《あら》いヤスリで無秩序《むちつじょ》に削《けず》り回したかのように、そこら中に巨大《きょだい》な溝《みぞ》ができていた。辺りに漂《ただよ》う砂煙は削りカスだ。

その中にポツンと黒い影が転がっている。

心臓がぎゅっと握り締められたような気がして、ニーナは胸に手をやった。

シャーニッドがランドローラーの速度を落として、黒い影に近づく。

両脇《りょうわき》からサイドカーを外されたランドローラーだった。

レイフォンの乗っていたものだ。

それだけだ。レイフォンの姿《すがた》はない。

「どこにいる……？」

撒き散らされた砂粒《すなつぶ》が視界を悪くしている。

それでも、なんとか見渡《みわた》してもかき回された荒野《こうや》が延々《えんえん》と広がっているだけだ。

ニーナにはわからない。

ランドローラーの先に、かつて汚染獣《おせんじゅう》が貼り付いていた岩山があったことを。

それがいまや、どこにも姿がないことを。

「フェリ、レイフォンはどこにいる？」

その問いに、フェリは沈黙《ちんもく》を返した。すでに一日近くもレイフォンに遅れているのだ。

レイフォンは無事なのか？

「答えろ、あいつは無事なのか？」

「無事です。ただ……」

「ただ……？　なんだ？」

「それ以上は近づくな。もっと後方に退避《たいひ》しろだそうです」

「なんだと？」

その時、遠くでなにかの爆発する音が響いた。

そして、次の瞬間にニーナが見たのは空の一点を塗《ぬ》りつぶす黒い影。

宙に舞った巨岩がニーナたちの頭上に落ちてこようとしていた。

†

一瞬《いっしゅん》、集中が切れた気がした。

なにかがその瞬間に動揺《どうよう》を生ませたらしいのだが、レイフォンはすぐに集中を取り戻した。

聴覚《ちょうかく》がもたらした情報だったような気がする。慌《あわ》て、そしてなにかを叫《さけ》んだ。

その瞬間の集中の途絶《とぜつ》は、ギリギリで致命《ちめい》的なミスになることはなかった。

なんだったのか省《かえり》みる余裕《よゆう》はない。

記憶《きおく》を掘《ほ》り返す余裕などない。戦い以外に自分の中にあるもの、あらゆる能力を使っている暇《ひま》はない。

そうしなければ死ぬのだから。

目の前には汚染獣の巨大な胴体《どうたい》が視界一杯《いっぱい》にあり、すぐそばで轟音《ごうおん》を立てて、大地をめくり上げながら横切っていた。

鋼糸《こうし》を汚染獣の尻尾《しっぽ》に飛ばし、巻《ま》きつかせる。突進《とっしん》の勢《いきお》いを大地に受け止められ、行き場の失った力が尻尾を暴《あば》れさせていた。

その勢いにのって宙に飛び上がる。引っ張られ、吊《つ》り上げられ、空中で針《はり》の外れた魚のように舞い上がったレイフォンは、複合錬金鋼《アダマンダイト》を振り回して体勢を取り直す。

独楽《こま》のように回転して宙を舞っていたレイフォンは、勢いが切れたところで今度は逆《ぎゃく》回転して地上へと落下する。

目指すのは大地に潜《もぐ》り込んだ頭をもたげさせようとする汚染獣。

その姿は、傷《きず》だらけだった。

かなり深く潜ったらしく、いまだに被《かぶ》さった土砂《どしゃ》を払えないでいる。

その胴体に刀と化した複合錬金鋼を振り下ろした。

一瞬の抵抗《ていこう》。だが次の瞬間には硬《かた》い鱗《うろこ》を割《わ》って内部の肉を切り裂《さ》く。そしてまた次の抵抗。別の鱗に刃が触《ふ》れたのだ。

「っ！」

鱗を一つ切るごとに抵抗が襲ってくる。ガチリとぶつかる硬い感触《かんしょく》、切り分けるなかで感じる泥《どろ》の中を進むような抵抗、そしてまた硬い感触。

鱗を一つ切るごとに火花が散る。散った火花を浴びながら、レイフォンは切ることに失敗したことを悟《さと》った。

普段《ふだん》なら紙を裂くように切れたはずだ……それなのに、なんだこの体たらくは？

このままでは刀が汚染獣の肉に飲まれてしまう。そうなる前に柄《つか》を軸《じく》に回転する。逆手《さかて》に持ち替《か》え汚染獣の胴体に足を置くと、一キルメル先に存在《そんざい》を確認《かくにん》していた岩塊《がんかい》に鋼糸を巻きつけ、自分の体を引っ張ると同時に胴体を蹴《け》る。勢いの止まった刀は重い抵抗とともに抜け、出来上がったばかりの傷口から薄赤《うすあか》い血が噴水《ふんすい》のように飛び出す中、レイフォンは距離を取って着地した。

ブーツが大地を嚙《か》む。

素早《すばや》く汚染獣と相対しながら、レイフォンは複合錬金鋼を見た。

スリットに差し込まれた錬金鋼《ダイト》の一つが煙《けむり》を上げていた。良く見ればあちこちに細かいひびが入っている。刀身の色が先ほどとは違っていた。

「一つ、折れた……」

スリットからその錬金鋼を抜き出し、破棄《はき》。

今の切り方では、剣《けん》は折れる。錬金鋼には状態維持能力《じょうたいいじのうりょく》があるものの、それだって限界《げんかい》がある。複合錬金鋼の高密度《みつど》ゆえにもっていたのだが、そのための犠牲《ぎせい》が錬金鋼一本ということになる。

錬金鋼一本分の密度と重量が失われ、手にした刀はずいぶんと軽くなったような気がした。感覚の違いはまたも致命的《ちめい》なミスを呼《よ》びかねないが、だからといって戦いを放棄《ほうき》できるようなのんびりとしたものではない。

汚染獣《おせんじゆう》を見る。

あちこちの鱗が剝《は》げ、そこから血が零《こぼ》れている。大半は乾《かわ》き、黒っぽい塊《かたまり》がところどころに岩のように貼り付いていた。

残っていた翅《はね》も半分失い、いまや地上を這《は》う巨大《きよだい》な蛇《へび》といったところか……その体を覆《おお》う鱗は蛇のように滑《なめ》らかではなく、岩のように荒《あら》く鋭《するど》いが。

左目は潰《つぶ》した。潰れた眼窩《がんか》の下からいまだに血が溢《あふ》れているが、それも最初の頃《ころ》よりは少なくなっている。傷口がすでに埋《う》まろうとしているのだろう。視神経まで再生《さいせい》できるのかどうか知らないが、そんなものを確認する気はまったくない。

熱い……通気性が良いとはいえ限界がある。汗《あせ》が蒸気《じようき》となって自分を取り囲んでいる。

そう感じる自分に、集中の揺《ゆ》らぎがあるのを自覚した。

「くそっ」

吐《は》き捨《す》て、再び集中する。一筋《ひとすじ》の傷すらも受けることなく目の前の敵《てき》を、あの巨大な、都市を食い尽《つ》くす獣《けもの》を倒《たお》す。そんな、不可能《ふかのう》に限《かぎ》りなく近いことをしている時にそれ以外のことを考える余裕がどこにある？

死ぬつもりはない。フェリには遺言《ゆいごん》などと言ったが、それもあくまで可能性にすぎない。まともな会話をしている余裕など、戦いが始まればないのだから。遺言などとかっこつけたことも、無事に生き残れば照れ笑いを浮《う》かべれば終わるだけのことだ。

汚染獣が身をもたげる。

頭を打ったのか、こちらの位置を把握《はあく》していないようだ。だが、怒《いか》りの濃度だけは時間を増《ま》すごとに増《ふ》えている。土砂を振り払う動きの荒さ、癒《い》えていないあちこちの傷から血が何度も噴《ふ》き出している。

(気づくまでは休憩《きゅうけい》だ)

それがどれくらいの時間なのかわからない。一分を数えるほどもないだろうが、それでも全身に活剄《かっけい》を改め走らせ、充満《じゅうまん》させる。水分の補給《ほきゅう》ができないのが辛《つら》い。塩分もか。唇《くちびる》を舐《な》める。微《かす》かな塩気、蒸気となった汗が唇に貼り付いていたのだろう。

「フォンフォン……いいですか？」

ためらいがちなフェリの声が耳に届《とど》いた。彼女の声を聞くのはどれくらいぶりだろう？

「ああ……どれくらい経《た》ちました？」

「一日ほどです」

「そうですか……」

（水分なしでも後二日はもつな）

そんなことを考えながら汚染獣に目を向ける。まだ気づいていない。

「それで……？」

「あの……隊長たちのことです？」

「隊長？　隊長がどうしました？」

「……さきほど、連絡《れんらく》しました。隊長とシャーニッド先輩《せんぱい》が来ていると。フォンフォンは、すぐに後方に下がるようにと言いましたが……」

覚えていませんか？　そう問われて、レイフォンは集中が乱《みだ》れた理由を理解できた。

「ああ……すいません、覚えてないです。それで、下がりましたか？」

驚《おどろ》きも呆《あき》れも今は遠くに感じた。疑問《ぎもん》のようで疑問でもない。ただ、そう尋《たず》ねるのが義《ぎ》務《む》のような気がした言葉だった。

体を休めるといっても完全に気を抜《ぬ》いているわけではない。精神《せいしん》はいまだに戦いに向かっている。それ以外のことは遠くにあった。

「それが……」

フェリの言葉をそれ以上聞く暇《ひま》はなかった。

気づいた。そう感じたと同時にあらゆる感覚が戦闘《せんとう》のためにのみ機能する。フェリの声は聞こえなくなった。

どう動く?

手にある、やや軽くなった複合錬金鋼《アダマンダイト》が心もとない。

錬金鋼が一本損失《そんしつ》したというだけの問題ではない。複合錬金鋼自体、すでにこの一日の戦闘でかなり疲労《ひろう》がたまっているのが、剄《けい》の走りが鈍《にぶ》くなってきているところからわかっている。

(後何回打ち込める?)

体力よりも先に武器《ぶき》の方がだめになりそうだ。天剣《てんけん》ならばこんなことはなかった。

ぎりぎりの戦いになって、初めて天剣のありがたみがわかるというのもおかしな話だ。

それだけ自分には見る目がないということだろうか?

「御託《ごたく》を並《なら》べていても仕方がない」

やれることは決まっている。なら、その範囲《はんい》内でうまくするしかない。

一撃《いちげき》で沈《しず》める。

そのための決定的な隙《すき》を見つけなければ。

そう思って汚染獣を見ていると、奇妙《きみょう》な動きを見せた。

「ん……?」

こちらに来ようとしない。

まるで、なにか別のものに気を引かれているかのような動きだ。

目を凝《こ》らして……集中が途切《とぎ》れた。

砂煙《すなけむり》を裂いて走る小さな存在《そんざい》がある。ランドローラーだ。両側にサイドカーを付けた
……レイフォンが乗ってきたものではない。

汚染獣《おせんじゅう》の目は、間違いなくそれに向けられていた。

「こんなところまで！」

遮断《しゃだん》スーツで誰《だれ》だかわからないが二人乗っている。ニーナとシャーニッドに違いない。

体が動く。鋼糸《こうし》が疾走《しっそう》した。旋剄《せんけい》で前に飛び出す。

汚染獣はランドローラーに方向を変え追いかけている。体に刻《きざ》まれた傷を癒すため、そしてどうしようもない飢餓《きが》がレイフォンへの怒《いか》りを一時忘《わす》れさせたのだ。

運転席のシャーニッドが銃撃《じゅうげき》を浴びせているが、たいした効果《こうか》を上げているようには見えない。レイフォンはその横を駆《か》け抜《ぬ》ける。

すれ違う瞬間、サイドカーに乗ったニーナの視線が頬《ほお》に突《つ》き刺《さ》さった気がした。気のせいかもしれない。そのまま汚染獣の前に出て、その体が突然《とつぜん》に上に跳《は》ね上がる。

鋼糸で体を宙《ちゅう》に舞《ま》い上げ、回転して振《ふ》り下ろす。両手を襲《おそ》う硬《かた》い感触。斬撃《ざんげき》は汚染獣の

狭《せま》い額《ひたい》を割った。

噴き上げる血飛沫《ちしぶき》と苦痛《くつう》の咆哮《ほうこう》が上がる中で、レイフォンの体が再び宙に浮く。背後《はいご》に向かって飛び、そしてそのまま疾走《しっそう》を続けるランドローラーのサイドカーの上に着地した。

「レイフォン!?」

「なんでいるんですか!?」

驚きの声に怒りを返し、レイフォンは汚染獣を見た。

激痛《げきつう》に長い胴体《どうたい》を捻《ねじ》らせて暴れている。だが、手に残る感触はあれが致命《ちめい》的な一打にはならなかったことを告げている。頭蓋《ずがい》を割《わ》り切れず、斬撃は脳《のう》に達していない。

そして……

手の中の複合錬金鋼を見た。スリットにある錬金鋼《ダイト》の内一つがひびを作って煙を上げている。硬い鱗ともっと硬い額の骨を同時に裂こうとしたのだから仕方がないのかもしれない。

(後一撃……)

さらに軽くなった武器に、レイフォンはそう見当を付ける。

(さて、どうする?)

時間を稼《かせ》ぐだけなら、まだ青石錬金鋼《サファイアダイト》がある。鋼糸によるサポートに専念《せんねん》させていたの

で複合錬金鋼ほど傷《いた》んではいないだろう。だが、いままで何度も窮地《きゅうち》を潜《くぐ》り抜けるのに使った鋼糸が封《ふう》じられる形になるのは痛手だ。

攻撃手段が完全に失われるよりはましなのかもしれないが、追い詰《つ》められているのも確《たし》かだ。時間潰《つぶ》しに専念すればツェルニを安全圏《けん》に移動《いどう》させることは可能だろうが、それでは自分が死ぬ。

そして、すぐそばにいるニーナたちも……

鋼糸の機動力を失っていないいまのうちに勝負に出る。方法はそれしかない。

しかし、それは危険《きけん》な賭《かけ》だ。失敗すれば自分も死に、ニーナたちも死に、ツェルニも滅《ほろ》びることになる可能性《かのうせい》が強くなる。全《すべ》てが無駄《むだ》になる。

残り一撃にかけるかどうか……レイフォンは逡巡《しゅんじゅん》した。

「おい、聞いているか？」

ニーナの声に、レイフォンは思考をいったん止めた。

「いえ……それよりも早く逃《に》げてください」

「聞けっ！　お前のランドローラーは壊《こわ》れた。移動手段はこれしかない」

「倒せれば、救援《きゅうえん》が来てくれるでしょう」

「倒せるのか？」

「……………」

「その武器、もう限界だろう？　そんなもので、本当にあの汚染獣を倒せるのか？」

「……動き出しました。行きます」

答える言葉がなかった。それでもやらなければいけないという事実を、ニーナに納得《なっとく》させる自信がなかった。

なら、問答無用で押《お》し進む。

戦闘衣《せんとうい》の襟首《えりくび》をぐっと摑《つか》まれた。

「まあ、待てよ」

摑んだのはいままで黙《だま》っていたシャーニッドだ。前を向いてランドローラーを走らせたまま、片手でレイフォンを押さえている。

「放してください」

「話を聞けって、隊長のありがたいお言葉だぜ？」

「むりやり行きますよ？」

「俺《おれ》の腕《うで》が引きちぎれてもいいんならな」

実際《じっさい》、このまま無理に飛び出せば……剄を使えばそうなってもおかしくない。そうでなくてもランドローラーがバランスを崩《くず》して倒れることになるかもしれない。

「ここまで来て、やることもなくて帰るってのはかっこがつかんよな。俺もそうだけど、満足に動けないのに来た隊長もだ。十七小隊は隊長に恥《はじ》をかかせるようなとこじゃねぇぞ」

「聞いたことないですよ」

「だろうな、今決めたから」

シャーニッドの背中《せなか》が笑っている。

「作戦はあるのか？」

動けないでいたレイフォンに、ニーナの言葉が被《かぶ》さる。

「後一撃で倒せる勝算はあるのか？」

そこまで見抜《みぬ》かれているとは思わなかった。

「……あります。さっき付けた額の傷、あそこにもう一撃できれば」

鱗は破った。骨も半ばは割れているはずだ。

ならばそこにもう一撃。傷口はすでに再生が始まっているかもしれないが、鱗が戻っているわけではない。鱗同様、骨だってすぐに治るわけではない。

頭蓋を裂いて刀を突き刺し、そこから衝剄《しょうけい》を放てば……

しかし、その先にある不安をニーナは冷静に突いてきた。

「そこに確実《かくじつ》に一撃を加える算段《さんだん》はあるのか？」

「…………」

「よし」

ニーナが大きく頷《うなず》く。

「なら、勝率《しょうりつ》を上げるぞ」

「え？」

「フェリ、聞いているな。この周囲にわたしの言う条件《じょうけん》を満たす場所があるか探《さが》せ。急げよ」

それからニーナが条件を挙《あ》げていく。

「すぐそばにあります。南西に二十キルメルほど行ってください」

「シャーニッド」

「了解《りょうかい》、隊長」

ランドローラーが方向を転じる。

「レイフォン、汚染獣《おせんじゅう》がわたしたちから離《はな》れるということはないな？」

「え？　……ないでしょう、あいつはランドローラーよりも速いですから」

「なら、二十キルメル分の時間を稼《かせ》げ、武器《ぶき》は壊《こわ》すなよ」

「それぐらいなら……」

鋼糸《こうし》による妨害《ぼうがい》だけで十分に足りる。

「もたせろよ」

言われ、レイフォンは反射《はんしや》で頷《うなず》いた。

なんだろう、いきなり飲まれたような感じだ。遮断《しやだん》スーツ越《ご》しに見えるニーナの横顔

……それを見ていると、世界の全《すべ》てを切り離していた緊張《きんちよう》感が揺らぐような気がした。

なにか、安心してしまった。

押し潰《つぶ》されるような圧迫《あつぱく》感が揺らいでいることに安堵《あんど》して良いのか、危険《きけん》なことだと思うべきなのか……

どちらとも付かないまま、それでも、ニーナの横顔を否定《ひてい》できない自分がいることを感じていた。

鋼糸を操《あやつ》る。

二十キルメル。

ニーナの言葉通りに時間を稼ごう。

レイフォンは集中した。

†

辿《たど》り着いたのは渓谷《けいこく》だった。かつては緑に埋《う》もれ、レイフォンたちのいた場所には透《す》き通るような清水が流れていたのかもしれない。

しかし今は乾燥《かんそう》しきって、岩ばかりが目立つ。

辿り着くまでにニーナは作戦を説明した。

まるでなにかの生き物の口の中にでも飛び込んでしまったかのような斜面《しゃめん》をざっと眺《なが》めて、ニーナが口を開いた。

「奴《やつ》が追いつくのにどれくらいかかる？」

「三分ほどかと」

念威端子《ねんいたんし》からの返答に、ニーナは頷いた。

「降《お》りるぞ。ランドローラーにこれ以上奥《おく》に行かせるのは無理だ。シャーニッド、そのままランドローラーで射撃《しゃげき》ポイントへ行け。レイフォン、わたしを運べ」

地形の説明はフェリが口頭で行い、ニーナはそれにいくつかの質問《しつもん》をしていた。それだけで彼女の脳裏《のうり》には正確な地図が出来上がっていたようだ。指示《しじ》には迷《まよ》いはなく、レイフォンはサイドカーから降りた。

背後《はいご》から、岩石を砕《くだ》く音が迫《せま》る。

汚染獣はすぐそばまで来ていた。

「急げ」

急《せ》かされ、レイフォンはニーナを抱《かか》えて渓谷のさらに奥《おく》に向かう。

「本当にいいんですか？」

腕に抱《かか》えたニーナの軽さ。それが不安を呼《よ》んでレイフォンは訊《たず》ねた。

「あいつの動きが止まればいけるだろう？」

ランドローラーの上でそう言われ、レイフォンは頷いた。

「あいつは腹《はら》が減《へ》っている。目の前に餌《えさ》があれば、それに飛びかかる。間違《まちが》いないな？」

やはり、レイフォンは頷く。

「なら、ここで誰が囮《おとり》になるべきか……考えるまでもないことだ」

「……隊長？」

「相手の行動を制御《せいぎょ》し、有利な状況《じょうきょう》に持っていく。基本《きほん》だ」

「まさか……」

「囮は、わたしがやる」

「わたし以外に誰がやる？　シャーニッドにも仕事がある。お前には確実《かくじつ》にしとめてもらわなければならない。無駄《むだ》なことまでやっていては、いままでと同じじゃないか」

腕の中で、ニーナは平然と言ってのけた。

「それで、いままでやってきました」

グレンダンにいるときは、ずっとそうやってきたのだ。

それをいまさら変える必要なんて……

「グレンダンには、お前の代わりがたくさんいるのだろう？　天剣授受者《じゅじゅしゃ》というのは十二人いるそうじゃないか。なら、少なくともお前の代わりができる人間が十一人いる計算だ。それなら、お前が倒《たお》れてもどうにでもできる。だからこそできた戦い方だ。ツェルニは違う。お前の代わりなんていない。グレンダンとツェルニは違う。グレンダンのやり方とわたしのやり方は違う。お前はわたしの部下だ。わたしは部下を見殺しにするようなことはしない」

強く言い放った。

「しかし……」

言いかけて、レイフォンは言葉を止めた。

ニーナの強い瞳《ひとみ》。眉根《まゆね》を寄《よ》せ、睨《にら》むように、震《ふる》えるように見つめてくるその瞳にレイフォンは吸《す》い込まれそうになった。

その瞳がふっとやわらぐ。

「お前は、グレンダンでの自分を捨《す》てたいのだろう？」

「……でも、捨てられませんよ」

汚染獣《おせんじゅう》の危機《きき》はどこにだってあるのだから。

「捨てればいい」

「え？」

意外な言葉に、レイフォンは目を丸くした。

「ツェルニを守りたいと思ってくれる気持ちは、ここに来てから生まれたものなのだろう？　なら、それを大切にしてくれ。グレンダンでの戦い方、生き方、考え方……捨ててしまえばいい。その気持ちのために必要なものだけを残して、後は捨てればいい」

「…………」

「都合がいいと思うか？　だが、それがわたしのいまの気持ちだ。そして、グレンダンでお前の帰りを待ってくれている人の気持ちだ。あの手紙に、そうあったじゃないか」

「手紙……？」

「何度でも言うぞ、わたしは仲間であり部下であるお前を死なせるつもりはない。そのためならなんでもやるぞ」

和《やわ》らいだ瞳が、今度は強く輝《かがや》く。明るい顔で、決して折れることも砕けることもない意思を表明する。

小さな疑《ぎ》問《もん》など飲み込んでしまうほどの瞳に自分の姿《すがた》を認《みと》めて、レイフォンは頷《うなず》いた。

「わかりました。その命、僕《ぼく》が預《あず》かります」

こう言うしかない。

「馬《ば》鹿《か》を言うな」

ニーナが笑う。

「わたしは隊長だぞ。お前たちの命はわたしが預かるんだ」

†

レイフォンが行き、ニーナは渓《けい》谷《こく》の中、涸《か》れた川の中に一人残された。

かつてここには木々があり、水が流れ、魚が泳ぎ、鳥の鳴き声で埋《う》め尽《つ》くされていたのだろう。生命は当たり前のように大地を埋め尽くし、その短い寿命《じゅみょう》とそれでも次へと続いていく生命の連鎖《れんさ》を謳歌《おうか》していたに違いない。

足元に岩ではないものがある。岩に貼《は》り付くようにしてある白っぽいものは、おそらく魚の骨《ほね》ではないだろうか。

次に続く生命を残せなかった生命。

世界は枯《か》れきった。

枯れきった原因《げんいん》……汚染物質《ぶっしつ》はどのようにして世界を覆《おお》ったのか。

文明を極《きわ》めた人類の慢心《まんしん》が生んだという説もある。

ある日突然《とつぜん》に空から降《ふ》り注いだという話もある。

その他にも色々と聞いた。

どれが真実かなんてわからない。過去《かこ》を振り返ることに意味があるのかもわからない。

ニーナたちは自律型移動都市《レギオス》の中で生きるしかなく、汚染獣に怯《おび》えて暮《く》らすしかない。

その不甲斐《ふがい》なさがニーナは嫌《きら》いだ。

なんとかならないかと思う。

なんとかしたいと思う。

狭《せま》い世界で生きるしかない自分を嫌って、ほんの少しでも別の世界が見たくてツェルニに来た。

そこでもやはり、自分の不甲斐なさを知ることになる。

世界の残酷《ざんこく》さをもっと強く知ることになる。

自分の弱さを知ることになる。

それでも生きていかなくてはいけないこの世界で、自分はなにをするべきなのか、なにがしたいのか……

生きていたいのだと、思う。

生きるためには強くなくてはいけない。こんな世界だからこそ、本当に強くなくてはいけない。

剄《けい》の才能《さいのう》を授《さず》かったのだから、強くならなくてはいけない。

そう思っていた。

でも、少しだけ失敗した。

全《すべ》てが間違っていたとは思わない。やり方を間違えただけだ。

そして、その間違いを正してくれたレイフォンが、同じような間違いを犯《おか》そうとしている。

それもまた、ほんの少しの失敗だ。

自分のいる場所がわからなくなっていたからだ。

なら、わからせてやればいい。

轟音《ごうおん》が近づいてくる。

汚染獣《おせんじゅう》だ。

現在《げんざい》の生命体の頂点《ちょうてん》。

飢《う》えに任《まか》せて突進してくる姿は傷《きず》だらけだ。

レイフォンとの戦いの傷……あのまま戦っていれば勝ったのはどちらだったのだろう？

少し前に、最強とはなんなのかを考えたことを思い出した。

汚染獣は人間よりもはるかに広い世界を知っている。人間が生身では立ち入れられないこの世界で生きている。

そういう意味では最強だ。

だが、それでも飢餓《きが》という生命の根幹《こんかん》にあるものと戦わなければいけない。汚染物質だけでは足りない。

だから人間を食おうとする。

ここでは生きていけなくとも、自らの世界で食べるのに困《こま》らない程度《ていど》には生きていける人間と比《くら》べて、どちらが強いということになるのだろうか？

「これもまた、くだらない考えか」

圧倒的《あっとう》な存在《そんざい》感がニーナに迫《せま》ってくる。突き刺さる視線《しせん》にも牙《きば》が生えているようだ。汚染獣に比《くら》べてあまりにも小さなニーナの体が、無数の牙で噛《か》み砕《くだ》かれるのを想像《そうぞう》せずにはいられない。腹《はら》を牙が貫《つらぬ》き、溢《あふ》れた内臓《ないぞう》が舌《した》の上を転がる様を想像《そうぞう》する。

「これが、あいつの見ていた世界か……」

ただ一人で、この凶悪《きょうあく》な存在を前にする恐怖《きょうふ》。足が震える。体が動かない。剄が使えない今の自分はあまりにも脆弱《ぜいじゃく》だ。

そして剄が使えてもなにができたかわからないと感じるのが、人間と汚染獣の決定的な強さの差なのだろう。

レイフォンはただ一人でそれを相手にしていた。

「だが、これからはお前一人にはやらせないぞ」

ここにいない部下にそう語りかける。

だが聞こえているはずだ。

「お前にはわたしがいる。仲間がいる」

音が駆《か》け抜《ぬ》けた。

汚染獣の生み出す轟音に比べればあまりにもささやかな音だったが、それは大空に長い余《よ》韻《いん》を残した。

渓谷の端《はし》で突然、岩肌《いわはだ》が崩《くず》れる。

シャーニッドの射撃《しゃげき》だ。

一撃は岩肌を崩し、連鎖的に岩と土砂《どしゃ》が崩れ始める。

いきなりの土砂崩れが、汚染獣に降り注ぐ。

新たな轟音が汚染獣を呑み込み、咆哮《ほうこう》が天を突いた。

土砂崩れはニーナにも襲いかかる。

その体が突然に浮き上がった。

細い一本の糸……鋼糸《こうし》がニーナに巻《ま》かれている。

一気に渓谷の上へと運ばれていく中で、ニーナは見た。

行き違うように降《お》りていく影《かげ》を……レイフォンだ。

巨大な、ぼろぼろの刀を握《にぎ》り締《し》めて降下《こうか》していく。土砂に呑まれて動きの取れない汚染獣目がけて、愚直《ぐちょく》なまでの真《ま》っ直《す》ぐな降下。

ニーナは作戦の成功を確信した。

エピローグ

連続で送ります。

ちょっと、レイフォンがたくさん手紙を書いた気持ちがわかるな。なんだか返事が欲《ほ》しいって思っちゃうね。

でも、わたしたちの間にある距離はそんな簡単なものではないし……もどかしいね、前はすぐに聞けたレイフォンの言葉を、いまは文字で待たなくてはいけないのだから。

前も書いたけど、わたしの方は平凡《へいぼん》な毎日を送っています。それでも新しいことを覚えないといけなくて色々と大変だったりするけどね。

前の手紙は読んだかな？

放浪《ほうろう》バスが行っちゃった後で書いてるので、きっと先に届《とど》いていると思うのだけど、もしかしたらこの手紙の方が先にレイフォンの所に行ってるかもしれないね。

そういうこともあるかもしれないね。

ここ最近、いつも同じ夢《ゆめ》を見ます。

少しだけ成長したわたしとレイフォンが園で一緒《いっしょ》にいる夢です。朝の弱いわたしを起こしてくれて、一緒に園のみんなのごはんを作って、レイフォンは父さんの道場を手伝って、わたしはスーツなんか着て走り回ってて……そんなちょっとだけ未来の夢です。

いつも、レイフォンが天剣授受者《てんけんじゅじゅ》の白銀の戦闘衣《せんとうい》を着て出かけていく姿を見送るところで目が覚めてしまいます。

そんな朝は少しだけ悲しいです。

わたしは武芸をしているレイフォンは好きだけど、天剣授受者のレイフォンは嫌《きら》いです。みんなのために戦う英雄《えいゆう》のレイフォンは誇《ほこ》らしいけれど、一人であんな危険な場所に向かうレイフォンは嫌いです。

わがままなのはわかっています。

でも、レイフォンには危険な真似《まね》をして欲しくないというのが、偽《いつわ》らざる気持ちです。

レイフォン、ツェルニの状況は手紙で知りました。汚染獣《おせんじゅう》以外の脅威《きょうい》なんて、グレンダンにいるとあまり実感できないけど、そうだね、そういう滅《ほろ》びの可能性もわたしたちにはあったんだね。

武芸大会はがんばってください。

でも、汚染獣の戦いはあまりがんばって欲しくないです。

汚染獣との戦いでがんばらないなんてありえない……きっと、レイフォンはこう言うね。

命の瀬戸際《せとぎわ》にいる時にがんばるとかがんばらないとかないって。

うん、わかってる。

でも、がんばらないで。

難しいなぁ、なんて説明すればいいのかわからないよ。


仕切りなおし。

わたしはレイフォンにグレンダンに帰ってきて欲しいよ。

うん、わたしが言いたいのは、きっとこういうことなんだと思います。武芸者としてでなくてもいい。なんでもいいです。

レイフォンに帰ってきて欲しいです。

六年は長いけど、帰ってきてくれるのならわたしは待てます。

その間は手紙だけで我慢《がまん》します。

この、どこまでも遠い距離を、手紙だけでどれだけ埋《う》められるのかわからないけど。

それでは。

親愛なるレイフォン・ヴォルフシュテイン・アルセイフへ

リーリン・マーフェス

†

「ああ……まったくしまんねぇ」

シャーニッドの愚痴《ぐち》が荒野《こうや》の中に虚《むな》しく拡散《かくさん》していく。

「そう言うな。良くもったと言うべきだろう」

言ったものの、ニーナもこんな遠出は初めてなのだからそれが正しい評価《ひょうか》なのかはわからない。

ランドローラーは荒野のど真ん中で止まっていた。

「こういう場合、かっこよく帰還《きかん》すんのがお決まりだって。こんなシーン映画《えいが》じゃ見られないぜ」

「映画じゃないからな、人生は。それよりも、早くしないと日暮《ひぐ》れまでに帰れんぞ。食糧も底を尽《つ》く」

「そう思うなら、ちっとは手伝おうって気にはならないもんかね？」

「病人を働かせようとは、お前はひどい男だな」

「へいへい、働きますよ。隊長様」

「うむ」

パンクした後輪に腰《こし》かけて、シャーニッドが肩《かた》を思い切り下げた。ため息でも吐いたのだろう。

工具を片手《かたて》にシャーニッドがタイヤを交換《こうかん》している。

ニーナは近くの石に腰かけてその作業を眺《なが》めていた。

「こいつも寝《ね》っぱなしだし。……まったく、俺《おれ》は雑用《ざつよう》ばっかりやらされてるよな」

「そう言うな、こいつも疲《つか》れているんだ」

ブツブツと零《こぼ》すシャーニッドに、思わず笑《え》みがこぼれた。

レイフォンは……サイドカーでじっとしている。眠《ねむ》っているのだ。

疲れている……当たり前だ。あんなのと一日中一人で戦っていたのだ。心身ともに疲れ切っていることだろう。

「休ませてやれ」

「……おやさしい隊長に感謝《かんしゃ》しろよ、後輩《こうはい》」

「まったくだな」

ニーナはまた笑い、寝こけているレイフォンを見た。砂塵《さじん》で汚《よご》れ切った戦闘衣とスーツ、どんな顔をして眠っているのかはフェイススコープが邪魔をしてわからない。

夢《ゆめ》でも見ているのか、見ているとしたらどんな夢だろう。

手紙の女性の夢……なのか？

微《かす》かによぎった想像を追い払う。

「色々とずれているなこいつは……本当に」

一人でなにもかもを解決しようとする。グレンダンでの話を聞く限《かぎ》りでも、そしてツェルニに来てからも。

天才なのだろう。そして天才ゆえに、うまく行き過《す》ぎたが故《ゆえ》にどこかでなにかを掛け違えているような生き方をしていると思う。

捨ててしまえとあの時には言ったが、レイフォンは捨てられるだろうか。お互《たが》いにそう長くない時間しか生きてないが、それでも人生の大半を支配した考え方なのだ。そう簡単《かんたん》には捨てられないだろう。きっとまた、同じようなことをするに違いない。

(そのときは、またわたしが止めてやればいいか)

隊長なのだから……

「仕方のない奴《やつ》だ」

また笑い。気付く。

シャーニッドがこちらを見ていた。

「なんだ？」

「いんや……ずいぶんとご執心《しゅうしん》みたいだから、もしかして隊長殿《どの》は年下が好みなのかと思っただけさ」

「まさか……」

笑って首を振る。こんな冗談《じょうだん》も、いまは力を抜いて流してしまえる。

きっと、自分も疲れ切っているのだろう。

「こいつは部下で、仲間。それ以上でもそれ以下でもない」

シャーニッドは肩をすくめた。

「つまんねぇ話」

そう言って、はめ込んだ後輪をボルトで固定していく。

その背を眺め、そしてまたレイフォンの、部下で仲間の寝顔を見つめた。

「……それだけだ」

手紙を読んでしまった時に感じた小さな痛《いた》みを呑み込んで……

言葉は遮断《しゃだん》スーツの中で木霊《こだま》もなく消えた。

あとがき

あとでかくよ？（いいえ今かきなさい）

もらえてないですよ？

雨木シュウスケです。

さて、ぼんぼんと出ましたね。ぼんぼんぼんとは出るっぽいんですがぼんぼんぼんぼんと出るかはいまだ未定です。

うーん……出ろ？

まぁそんな、明日便秘《べんぴ》になるみたいな話をしていてもしょうがないのですけどね。

さて、今回はフェリの話です。突如《とつじょ》としてお世話すると言って押しかけた無表情美少女とのドキドキ同棲《どうせい》生活です。チラリもあるよ！　ポロリはないけどな！

はい、嘘《うそ》ですよ。

ええ、これを書いている現在は四月一日です。エイプリルフールです。すでにこれすらも嘘ですが。

だって、発売日は五月じゃんねー。エイプリルフールとか言われても、どうしろとって感じですね。

さて……

三冊隔月《さつかくげつ》連続刊行という、富士見書房様からのありがたい後押しでお送りする『鋼殻のレギオス』ですが、もちろん三巻で終わらせるなんてことはしませんから。

だからって何巻まで続くよ～なんてことは、ぶっちゃけ読者がいるかどうかという商業本の悲しい性《さが》がついてまわるので明言なんてしませんけどね。一冊一冊、ガッチリといけるように努力しますです。

……あとがきってしんどいよ。えーと、これで七冊目だっけ？　七回もやっててなんで慣《な》れないんだろうな。あとがきのページ数が十枚だろうが四枚だろうが普通に原稿《げんこう》書くよりも行数が進まないのはなんでなんだろうなぁ。

そりゃ、書くことなにも考えずにやってりゃ、進まんがな。

そういえばこの間テレビを見て、橋田壽賀子《はしだすがこ》さんが子供時代、宿題の作文が嫌《きら》いでお母さんに書いてもらっていたというのを知りました。

ええ、雨木も嫌いです。作文。学校の作文の宿題嫌いでしたよ。そんなところだけビックな人と一緒《いっしょ》でも仕方ないけどね。嫌いなもんは嫌いです。読書感想文なんて「蝉《せみ》の一生」を選んで、原稿のほとんどをあらすじで埋《う》め尽《つ》くして「蝉ってすごいなと思いました」で締《し》めたことあるよ。しかもそれをクラス全員の前で読んだよ。どんな羞恥《しゅうち》プレイだよ。

あとがきはそれこそテーマのない作文なわけで、テーマを求めるとすればそりゃ、「あとがき」と銘打《めいう》たれてんだから作品について語れよってことになるのでしょうが、やってもちょっと前の文に書いた作品をこうしていこうっていう表明ぐらいしかできないし、そういうので行数が埋められないのは雨木の個性です。

よしっ！　雨木はあとがきが苦手です。これで決まり。

そんな最初からわかってることを再確認してＣＭです。

予告。

十七小隊は少しずつ強くなりつつあった。

そんな中、ツェルニはセルニウム鉱山《こうざん》へと補給《ほきゅう》に向かう。しかし、鉱山には思わぬ先客の姿があった。

そして、遠くグレンダンでレイフォンからの手紙を読むリーリンに危機が迫《せま》る。

次回、鋼殻のレギオスIII　センチメンタル・ヴォイス
お楽しみに。

今回も素敵《すてき》なイラストを生み出していただいた深遊さん他、この本に関わる全ての人たちに感謝を。

雨木シュウスケ

富士見ファンタジア文庫

鋼殻《こうかく》のレギオスⅡ

サイレント・トーク

平成18年５月25日　初版発行

著者――雨木《あまぎ》シュウスケ《しゅうすけ》

発行者――小川　洋

発行所――富士見書房

〒102-8144

東京都千代田区富士見1-12-14

電話　営業　03(3238)8531

　　　編集　03(3238)8585

振替　00170-5-86044

印刷所――旭印刷

製本所――本間製本

落丁乱丁本はおとりかえいたします

定価はカバーに明記してあります

2006 Fujimishobo, Printed in Japan

ISBN4-8291-1827-X C0193